これより良い物件はございません！

東京広尾・イマディール不動産の営業日誌

三沢ケイ

宝島社文庫

宝島社

これより良い物件はございません！

Koreyori yoi bukken wa gozai masen!

東京広尾・イマディール不動産の営業日誌

三沢ケイ

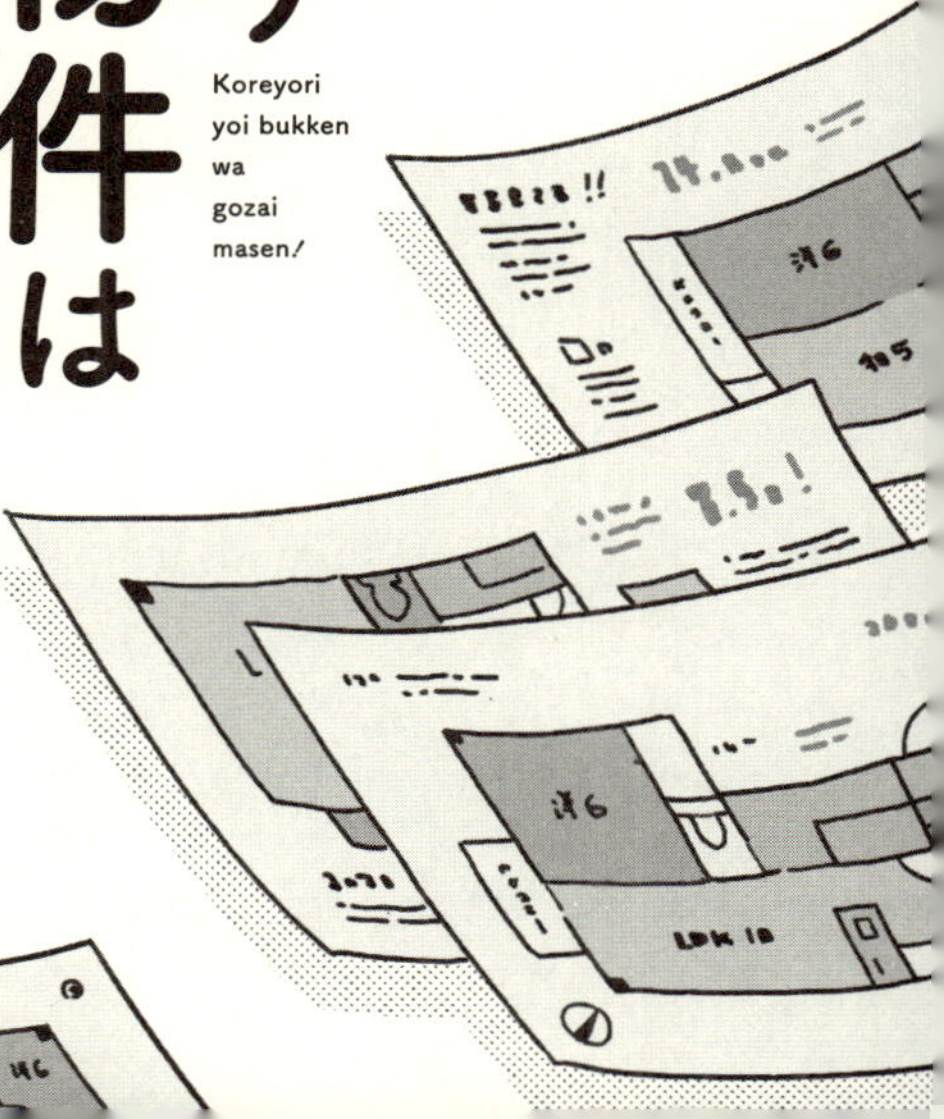

宝島社

目次

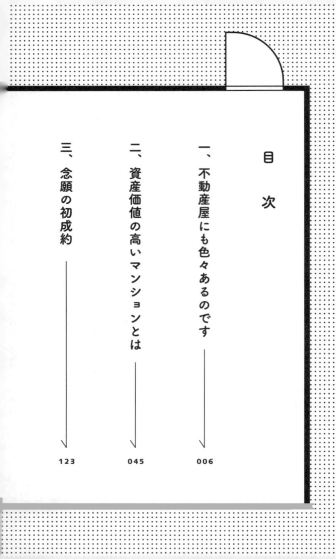

一、不動産屋にも色々あるのです

あの時期の私は本当にどうかしていた。

だって、恋人に振られた腹いせに仕事を辞めるなんて……ねえ？

＊＊＊

うららかな春の日。

桜前線がどこそこに北上してきたなんてニュースが毎日のように流れ、街には新生活を始めて希望に満ちた若者が溢《あふ》れている。

そんな中、私──藤堂美雪《とうどうみゆき》は会社の会議室で課長と二人で向き合っていた。課長は目の前に置かれた紙を読み返して、眼鏡《めがね》のフレームを人差し指で押し上げると、困惑気味に私に視線を移した。

「本気なの？　藤堂さんは勤務態度も真面目だし、是非《ぜひ》残って欲しいと思っているんだよ。早まらない方がいいよ。買い手市場とはいえ、正社員で再就職するのはなかなか難しいよ?」

　引き留めてくれることがちょっとだけ嬉しい。課長もこう言っていることだし、やっぱり取り下げようかな、なんて思ったところで、その男——三国英二《みくにえいじ》はやってきた。『使用中』の札がかかっているにもかかわらず、英二は音を立てて勢いよく会議室のドアを開け、文字通り部屋に乱入してきた。

「美雪！　どういうことだよ?　会社を辞めるって??」

　息を切らした英二は呆然とした顔で私を見つめている。私は英二をキッと睨《にら》みつけた。

「三国さんには関係ありません。他人のことに口を出さないで頂けますか?」

「関係ないって……。お前、ここを辞めて働く当てあるのかよ?」

「あらあら。赤の他人の心配をしてくださるなんて、三国さんったら優しーい」

　私は感動して泣いているかのような真似をして見せた。英二はぎりっと奥歯を嚙《か》みしめた。

「ふざけている場合か！　お前のそういう考えなしのところ、本当に直した方がいい。こっちは心配しているんだ！」

　これには流石《さすが》に頭にきた。

　心配している?

　へえ、どの口が言うのかしら?

ついこの間、二年も同棲していた私をこっぴどく振ったのはどこのどなただったかしら？

別れた翌日には、後輩と手を繋《つな》いで仲良く二人で飲みに行くのを目撃されたのは誰だったかしら？

私達は結婚間近だと思われていた。

私が会社中の人から可哀想なものを見る目で見られるような状況を作ったのは誰だったかしら？

全部、全部、誰のせい？

こんな小さな会社で、私がどんなに肩身の狭い思いをしたか！

「はあ？　三国さんはそういう上から目線なところを直した方がいいですよ」

「なんだよ、その言い方！　お前はそういうところが駄目なんだよ！」

売り言葉に買い言葉。

言い争いを始めた私達を呆気《あっけ》にとられた様子で見上げていた課長に私は向き合った。

「課長、とにかく私は辞めます。確か退職届は二週間前までに提出でしたよね？　明日からは有給休暇の消化ということで。私、全然休んでないのであと三十日以上は残っていますから」

「はあ……」

それだけ言うと私は課長の前に置いてあった退職届をもう一度むんずと摑《つか》み、バシンと机の上に叩きつけた。課長は突如として始まった目の前の光景に、まさに目が点状態。開いた口が塞《ふさ》がらないご様子だ。

「美雪！」と叫ぶ英二の声が後ろから聞こえたけど、思いっきり無視してやった。ざまーみろ。


その日の晩、英二は私の住むマンションを訪ねてきた。

荷物の半分がなくなった部屋は、ガランとして物寂しい。ここはかつて私達が同棲していた場所であり、今は私が一人で住んでいる。ピンポーンと呼び鈴が鳴り、訪問者を確認せずにドアを開けた私の愚かさよ。

「美雪。考え直した方がいい。お前、路頭に迷うぞ」

「………………」

無言でドアを閉めようとすると、慌てて英二が鞄をその隙間に滑り込ませた。鞄の金具にドアが当たり、ガキャッと嫌な音がした。

「美雪、待てよ！　なにも辞めることはないんだ。少し話そう」

僅《わず》かに開いた隙間から眉間に皺《しわ》を寄せた英二がこちらを覗き込む。私は英二を睨みつけた。

「私は話すことなんてない。話なら散々したはずよ？　私とこの先も一緒に歩むのは無理って言ったのは英二でしょう？　望み通り英二の前からいなくなるんだから、万々歳でしょ?」

「それとこれとは別だろっ!」

「とにかく、私は話すことなんて何もない。もう帰って。帰らないと警察呼ぶわよ?」

表情を歪《ゆが》めた英二の腕から力が抜け、鞄がズルリと落ちた。信じられないものでも見るかのような目で、私を見下ろす。私はそんな英二から咄嗟《とっさ》に目を逸《そ》らすと、勢いよくドアを閉めた。

コツンコツンとドアから遠ざかる足音を聞きながら、私は玄関に崩れ落ち、両手で顔を覆った。

＊　＊　＊

休暇というのは、普段の忙しい時は大変有難いものだ。けれど、毎日が休暇だとあっという間にやりたいことがなくなる。

平日は友達も仕事していて都合が合わないし、ゲームも飽きたし、美容院も行ったし、平日に済ませておきたかった用事ももう終わったし……。

なによりも、記帳したての預金通帳を見て私は顔を顰《しか》めた。残金のところには『398、443』と記載されていた。間取り1LDKのマンションの家賃は十一万円。今までは半額を英二が毎月現金で渡してくれたけれど、一ヶ月ほど前に英二が出て行ったので、今月からは全額自分で払う必要がある。引っ越すにも資金がいるし……。

つまり、私は早急に働く必要があるようだ。

つい二週間ほど前まで働いていた——正確に言うと今日まで有給休暇を消化中だから在籍している会社は、賃貸住宅の仲介を行う小さな不動産会社だった。従業員は十五名で、私はそこで窓口スタッフとして働いていた。一応正社員だったけど、受け持っていた業務内容はごく簡単なお客様対応だけ。当然、給料はあまり高くなかった。

「今月までは給料が出るけど……、どうしよう」

私は通帳を見ながらため息をついた。

会社を辞めると言ったのは、完全に英二への当てつけだった。それに、年上の社会人として仕事を教えていたはずの後輩にいつの間にか恋人を奪われていたということに、自分の女性として、先輩としてのプライドが傷つけられたのも事実。

つまり、こっぴどく振られた自分が肩身の狭い思いをして、英二は後輩とよろしくやっているあの状況に耐えられなかったのだ。

「あーあ。ばかだな、私……」

こんなことしても、何にもならない。本当にばかだ。英二の中で燻《くすぶ》っていた不満に気付かなかったことも、私だけが自分たちの仲は順調だと思い込んでいたことも、会社を辞めたことも、何もかも……。

あの日、私は英二が『会社を辞めるな』ではなく、『別れると言ったのは気の迷いだった』と言ってくれることを、心のどこかで期待していた。

すぐに引っ越さなかったのは、もしかしたら英二が戻って来るかもしれないと、ほのかに期待していたから。我ながら、本当に救いようのないばかだ。

「これからどうしよう……」

仕事もなければお金もない。

助けてくれる恋人もいない。

こんなばかなことで友人には迷惑をかけたくない。

八方塞がりのこの状況で、真っ先に浮かんだのは実家に帰ることだった。けれど、私はすぐに首を振ってその甘い考えを頭の中から追い出す。

英二との同棲を決めてそのことを両親に伝えたとき、私の両親は『未婚の男女が一つ屋根の下で暮らすなんて』と、いい顔をしなかった。それを私が、大丈夫だから心配しないでと笑い飛ばしたのだ。

今のこの状況を二人が知ったら、どう思うだろう。

別れてしまったのは仕方がないとして、せめて新しい仕事くらいは見つけてから両親に報告したい。

自然と深いため息がまた漏れる。

私はスマホを手に取ると、求人案内の検索を始めた。

あまり貯金がないから、できるだけ早く働けるところを探さないと。できれば正社員がいい。力仕事は無理。女ばっかりの職場はドロドロしていそうなイメージがあるから避けたいな。やっぱり経験があるってことで不動産窓口が無難かな。

そんなことを思いながら、目を皿にして探したけれど、なかなか条件に合う仕事は見当たらない。しばらく画面を見ていた私は段々と嫌になってきて、持っていたスマホをベッドに放り投げた。

ごろりと仰向けになると、見上げた白い天井が落ちてくるような嫌な錯覚に襲われた。冷蔵庫のヴィーンという音が異様に大きく聞こえる静寂《せいじゃく》が辛い。何もかもが嫌になる。

「あーあ。気分転換にでも行こ」

私は大きな声を出してのそのそと起き上がる。簡単に化粧をすると、使い慣れたハンドバッグを手にした。

家を出て向かったのは十分ちょっと歩いたところにある最寄りの駅だ。

「どこ行こうかな……」

駅の路線図を見ながら行き先を考える。路線図ってよくよく見ると、まるで網の目みたいに複雑だ。

いつもなら会社のある隣の駅が大きいからそこに行くのだけれど、今は知り合いに会いたくない。

どこか遠いところに行きたかった。誰も私を知らないところに。でも、お金のこともあるからそんなに遠出はできない。

しばらく鉄道の路線案内を眺めていた私は、気分転換なのだから、たまには少し離れた都心のお洒落《しゃれ》な街にでも行ってみようと思った。ちょうど目に入ったのが広域路線図に書かれた東京メトロ日比谷《ひびや》線の『広尾《ひろお》』の文字だった。

広尾は、言わずと知れた日本有数の高級住宅街だ。東京都渋谷区《しぶや》にあり、山手線《やまのてせん》で言うと西側の端、渋谷から南東内側に少し入ったところに位置している。

不動産窓口をしていたのでそれは知っていた。けれど、行ったことはないのでどんな場所なのかは全く分からない。

きっとお金持ちのセレブが集まる、とびきりお洒落な街に違いない。こんな気分の日は、そんな流行の最先端の街に行ったら気分も上向くかもしれない。

私は行き先を広尾に決めると、電車に飛び乗った。


車窓の景色が、一戸建てが建ち並ぶ住宅街から、背の高いビルへと変わってゆく。広い空が段々と狭まり、目に入るのは人工的な壁。それすらも地下鉄に乗ったら闇に掻《か》き消えた。

乗り換えること数回、わくわくしながら降り立った初めての広尾駅で、辺りを見渡した私は拍子抜けした。

想像より地味だったのだ。いや、地味というのは語弊《ごへい》がある。ただ、私が思っていたのとはだいぶイメージが違っていた。

　私は広尾を、表参道《おもてさんどう》や銀座《ぎんざ》のようなお洒落なブティックが建ち並ぶ場所なのだと勝手に思い込んでいた。しかし、実際の広尾駅はもっと、地元に密着した雰囲気が漂っていた。

　改札口を出てすぐの場所に昔ながらの商店街があり、幹線道路の両側に大手スーパーなどが入った小規模なショッピング施設があった。そして、駅の改札出口に沿った大きな幹線道路沿いには、大きなマンションやビルが建ち並んでいる。

　どっちに行こうか迷って商店街に入った私は、入ってすぐの場所で見つけたスターバックスコーヒーで、今お勧《すす》めのさくらクリームのラテを頼んだ。甘くしたミルクコーヒーの上にたっぷりと絞った生クリーム。その上には桜色のチョコチップをのせて。

「ん、美味《おい》し」

　やっぱりコーヒーチェーン店で頼むラテは美味しい。程よい苦みと甘さが口いっぱいに広がった。

　それを片手に駅前から続く商店街の中をぶらぶら歩く。両側に三メートルくらいの高さの街路樹が植えられた通りは、歩行者天国になっていた。さほど広くはない通りに等間隔に建つ街灯には商店街の名称なのか『広尾散歩通り』と刻印され、両脇には飲食店や雑貨屋さん、服飾品店が建ち並んでいる。

　人通りはあるけれど、ごみごみはしていない。店舗に入れば笑顔で接客してくれるけど、しつこい営業トークはしてこない。ちょうど居心地のよい他人との距離感。私はそんな商店街を道なりに歩き、しばらくすると大きな幹線道路にぶつかった。

「わあ、桜だ……」

それを見た時、思わず感嘆の声を漏らした。

幹線道路沿いには、見事な桜並木があった。まさに満開を迎えた桜の木は、私の頭上をピンク色に染め上げている。ピンク色の合間から見える空の水色が眩《まぶ》しく、目を細める。風で散った桜の花びらは、アスファルトの黒い道路を水玉模様に彩っていた。

しばらく桜に見惚《みと》れていた私は、自分の進行方向の先を眺めた。

桜並木の幹線道路はずっと続いていたが、道がカーブしているので先は見通せない。両脇の店の数も減ったように感じる。

私は少し迷ってから、駅の方向へ戻ることにした。途中にあったお店を素通りしてきてしまったし、脇道もあったので、そちらの方も見てみたいと思ったのだ。

レンガを敷き詰めたインターロッキングの歩道をきょろきょろしながら歩いていると、ふと一軒の不動産屋さんが目に入り、なんとなく足を止めた。ガラス窓には物件情報がお洒落に貼り出されている。テープでベタベタ貼るのではなくて、展示用ボードに綺麗に並べられたそれを見て、この不動産屋さんは見せ方のセンスがいいなぁと感心した。

今住んでいるリビングダイニングと寝室、キッチンから成る１ＬＤＫの間取りのマンションは英二と二人暮らし用に借りた物件だ。

英二と付き合いだして数ヶ月した頃、私が当時住んでいた一人暮らし用の賃貸マンションがちょうど更新時期を迎えた。どうせ二人とも一人暮らしでどちらかの家で一緒に過ごすことが多いし、家賃を二部屋分払うくらいなら一緒に住もうかと、自然な流れで同棲を始めた。英二と別れた今となっては、マンションの賃貸人がたまたま賃貸契約手続きをした私名義になっていたのは幸か不幸か。

結構気に入ってはいたのだけど、一人で住むには少し広いし、なによりも一人で支払うには家賃が高すぎる。私は自分一人で住むのにいい物件がないか、その不動産屋さんの前で物件情報を眺め始めた。

一部屋とキッチンの間取りである1K、もしくはキッチンまで一部屋にまとまった1Rがいい。家賃は五～六万円くらいだと今までと負担額があまり変わらないので助かる。駅からは十分以内が有難い。その条件だと目に付くのは1Kでも十万円以上の数字ばかり。流石は日本有数の高級住宅地だ。完全に予算オーバーだった。

「高いなぁ」

心の声が無意識に口から出た。

ほんと、金持ちっているところにはいるんだなぁと思いながら眺めていると、不動産屋のドアが開く。中から出てきたスーツ姿の若い男の人とばっちりと目が合った。

「物件をお探しですか？　ご希望があればお探しをお手伝いいたします」

「いえ……」

爽《さわ》やかな笑顔で声を掛けられ、私は言葉に詰まった。

これまでの不動産屋の窓口経験から、予算と希望物件が噛み合わない客ほど面倒くさい相手はいないと知っている。ここで本気で選ぶつもりなどなく、見ているだけ。いわゆる冷やかしだ。

「あの……予算オーバーなので、大丈夫です」

「え？　そんなこと言わずに見て行ってください。お客様の理想の物件探し、お手伝いしますよ」

男の人は私を見つめると、にこりと笑った。ここ数日の春風を彷彿《ほうふつ》させるような爽やかな笑顔に、ずきりと心が痛む。

うう、どうしようと、私は狼狽《うろた》えた。今、私は自分が最も嫌厭《けんえん》する面倒くさい客なのである。

と、その時、私は物件情報の端に他と違う色の紙が貼られていることに気付いた。

「こ、これ！　私、これに興味があります！」

私はその紙を指さす。目の前の男の人は目を瞬《しばたた》いて私の指す紙を見て、もう一度こちらに視線を戻した。

「えっと、うちの仕事に興味がある？」

「はい！」

こんなカフェラテ片手に普段着姿のくせに採用希望はないだろうって自分でも思うけど、私はうんうんと首を縦に振った。

【正社員急募】
社名：イマディールリアルエステート株式会社
業種：不動産販売、リフォーム、リノベーション、仲介業
業務内容：不動産事業に関わる業務全般。営業職
給与：月給二十万円＋インセンティブ有
特記事項：経験者優遇。家賃補助有。通勤費支給。年次有給休暇、その他福利厚生有

これが、私がこれから働くことになる、イマディールリアルエステート株式会社、通称『イマディール不動産』との出会いだった。

その数日後の朝、紺色のリクルートスーツに袖を通した私は、緊張の面持ちで鏡の前に立った。

このリクルートスーツは学生時代に就職活動で使った物だから、着るのは五年ぶりだ。ウエストのホックがきちんと閉まったことに、ちょっとだけホッとした。

肩の辺りで外側に跳ねやすいストレートボブの髪の毛は、いつもより念入りにブローして、下ろした前髪も崩れないように整髪料で整えた。

一通りの作業を終えると、最後にもう一度鏡の中の自分を見つめる。友達に褒められることが多い色白の肌には、今日は元気に見えるようにピンクのチークを入れてみた。にっこりと口の端を上げると、こちらを見つめる女性もにこりと笑って奥二重の目尻が下がる。

「よし、準備完了。頑張ろう！」

胸の前で両手の拳を握り、気合を入れる。

あの日、アポイントも取らずに採用希望だと主張したにもかかわらず、私を対応した男性——尾根川《おねがわ》さんは嫌な顔一つせずに店の奥に確認しに行ってくれた。爽やかな見た目通り、とても親切な人だ。そして、私はあの場で面接を受けることになり、あれよあれよという間に採用が決まった。まさかあそこで仕事が見つかるなんて思っていなかったので、まさに棚からぼた餅である。

今日はその新しい職場への初出勤日だ。

只《ただ》でさえ、私は普段着姿でアポ無し突撃という非常識な採用経緯だった。今日は初日なので、少しでも職場の皆さんへの印象をよくしたい。私は鏡の前に立つと、もう一度化粧と髪型に問題がないか念入りに確認した。

「本日から皆さまとご一緒にお仕事をさせて頂きます、藤堂美雪です。一日も早く戦力となれるように頑張りますので、よろしくお願いします」

深々と頭を下げて、恐る恐る顔を上げる。

こちらを見つめる人達の表情は柔らかく、パチパチと拍手の音が私を包んだ。第一段階はクリアしたと感じ、私は胸をなで下ろした。

「藤堂さん、席ここだから」

焦げ茶色の艶やかなロングヘアの、快活そうな女性が手を挙げて隣を指さしていた。そこには、何も置いていない真《ま》っ新《さら》なオフィスデスクがあった。

「私、新井《あらい》綾乃《あやの》。よろしくね」

「はい。よろしくお願いします」

「それで、こちらがチームリーダーの板沢《いたざわ》さん、その向かいにいるのが伊東《いとう》さん、藤堂さんの向かいにいる尾根川君はもう知っているかな？」

綾乃さんは同じ島のメンバーを順番に紹介してゆく。

チームリーダーの板沢さんは四十歳ぐらい、眼鏡をかけてちょっと下ぶくれなお顔立ち。伊東さんは三十代後半に見える。スポーツ刈りだし、スーツの上からでも分かるくらいにがっしりしているから、何か趣味で運動をしているのかもしれない。最後の尾根川さんは、私にあの日声を掛けてくれた人だ。少し長めの前髪を斜めに流しており、清涼感のある人だった。

「あと一人、桜木《さくらぎ》ってのがいるんだけど、今日は直接物件寄ってから来るみたい。後から紹介する。桜木は色々と凄いよ」

「色々と凄い？」

「うん。まぁ、色々と。ボンボンのくせに仕事できるし。午後には戻ると思うから、紹介するね」

綾乃さんは意味ありげに笑うと、長い前髪をバサリと掻き上げた。

「見ての通り、うちの会社って社長も含めて社員が十人しかいないの。だから、藤堂さんも早く戦力になってもらえると助かるわ」

「はい。頑張ります！」

綾乃さんに見つめられ、私は力強く頷《うなず》いた。綾乃さんはニッと口の端を上げる。

イマディール不動産に正社員は十人しかおらず、前の会社より更に規模が小さかった。社長と三人の人事・労務・経理を行う事務スタッフ、六人の営業スタッフに分かれているようだ。ちなみに、私は営業スタッフだ。

広尾駅から徒歩五分ほどのところにある小さなビルの一階部分全体がオフィスになっている。大きくはないが、凝った内装にお洒落なオフィス用家具はまるでインテリア雑誌に載っているモデルルームのように洗練されている。

普段、窓口にいるのはパートの方で、あの日はたまたまその方が急なお休みで、尾根川さんが窓口を兼務していたらしい。

「今日は初日だから、うちの会社の事業とか、色々な手続きの説明で一日終わると思うわ。仕事は基本的に桜木が藤堂さんの指導役なんだけど、今日はいないから尾根川君に付いてくれる？　小さな会社だから、みんなオールマイティが求められるの」

「はい。分かりました！」

「初々しー！」

綾乃さんは意気込む私を見て、楽しそうに笑った。

綾乃さんの言った通り、初日は殆《ほとん》ど会社の説明で終わった。

午前中は健康保険とかその他諸々《もろもろ》の事務手続きと、会社の福利厚生などの説明。午後は尾根川さんから、具体的な仕事の内容を聞いた。

イマディール不動産――正式名称イマディールリアルエステート株式会社は、まだ設立して六年の新しい会社だった。社長である前川《まえかわ》さんが六年前、勤めていた不動産会社から独立して設立した会社のようだ。

『イマディール』というのは『イメージ（想像）』と『アイディール（理想）』を組み合わせた造語で、社長の『お客様の想像する理想の住宅を提供する』という思いが込められている。メイン事業はマンションのリノベーションだという。

「藤堂さんは前職も不動産業だよね？」

「はい」

「リノベーションはやっていた？」

「私の前の会社、賃貸の不動産仲介専門だったんです。だから、リノベーション物件の仲介はしていました」

「そっか。じゃあ、改めてリノベーションって何か、説明できる？」

説明をしていた尾根川さんは一旦話を止めて、私を見た。

「古いマンションの内装を刷新《さっしん》して、新築みたいにすることですよね？」と私は答えた。

前職の不動産会社は直接物件にリノベーションを施したりはしなかったが、リノベーションした賃貸物件は扱っていた。そういった物件は大抵の場合、築年数は経っているものの部屋の中は新築のように新しかった。

「うん、だいたいそんなとこ。もっと正確に言うと、今ある物件に手を加えることで、その物件の価値を高めることかな」

「価値を高める？」

「そう。ただ壁紙を張り替えたり、フローリングを新しくするのはリフォーム。これはマンションの価値を新築当時に近づけることはできても、高めることはできない。リノベーションは例えば間取りを大規模に変えて今風にするとか、お客様のニーズに合わせた変更を加えることで価値を高めるんだよ」

私は少しだけ首を傾げた。

言っていることは分かるけれど、いまいちピンとこない。

尾根川さんは私の表情からそれを悟ったのか、手元のパソコンを操作すると今までイマディール不動産が手掛けてきたリノベーション事例を見せてくれた。

「例えばこれ。間取りが完全に変わっていて、今風になっているでしょ」

その物件は、ダイニングルームが中央にある3DKの古い間取りを今どきの1LDKに変えたものだった。間取りだけでなく、キッチンが対面式になっていたり、ただのお風呂がミストサウナ付きのものに変わっていたり。

「——凄い」

それは、私の知るリフォームの規模を遥かに超えていて、『作り替える』という言葉が近いように思えた。

これまで窓口で何件も『リノベーション物件』を謳《うた》う部屋を紹介してきたが、私の手元に物件情報がくるときには既にリノベーションを終えた後だった。だから、私は大規模リフォーム物件がリノベーション物件なのだというくらいの認識しかなかったのだ。

「まるで中身そのものを作り替えているみたいですね」

「おっ。いい言葉を見つけたね。うん、作り替えるんだ。より価値が高く、お客様のニーズに合ったものへ作り替える」

尾根川さんはニコリと微笑むと、リノベーション事例の写真が映ったパソコン画面をコツンと指で叩いた。

「僕達はお客様の売りたい物件に、その場所とニーズに合ったリノベーションを施して、価値を高めて次のお客様に売る。何もしないときに比べて数段高く売れるから売り手のお客様には喜ばれるし、新築を買うよりは遥かに安いから買い手のお客様にも喜ばれる。あとは、既に売りに出ている物件で将来の値下がりリスクが少ないところを狙って購入して、そこをリノベーションして転売することもある」

「へえ……」

前職も『不動産屋』というくくりではイマディール不動産と同じだったけれど、そこでの仕事は物件を貸したいお客様から頂いた物件情報を掲載して、借り手を探すというものだった。その際の仲介手数料が会社の収入になる。

しかし、イマディール不動産の稼ぎの仕組みは、前の会社とはだいぶ違うようだ。同じ不動産屋なのに、仕事の中身の違いに驚いた。そのことを話すと、尾根川さんは「そうだね」と頷いた。

「同じ不動産屋でもやることはだいぶ違う。けど、一緒のこともある」

「一緒のこと?」

「うん。つまり、僕らの仕事は『お客様の理想の物件探しをお手伝いする』ってこと」

前職の賃貸物件の仲介もイマディール不動産のお仕事も、本質はお客様の物件探しのお手伝い。

その言葉はストンと腑に落ちた。そう言われると、なんだか自分も力になれるような気がしてくる。私は尾根川さんに「はい、そうですね」としっかり頷いた。

夕方になって自席に座ると、隣の席の綾乃さんが話しかけてきた。

「藤堂さんって、どこに住んでいるの？　今日、簡単に歓迎会しようと思うんだけど、行ける？」

「あ、行けます。家は＊＊＊駅なんです」

「＊＊＊駅？　遠くない⁇」

駅名を聞いた綾乃さんは目を丸くした。私の住む駅は埼玉県の東京寄りに位置しているが、ここまではドアトゥドアで一時間半くらいかかる。

私は結局、英二と住んでいたあの家から未だに引っ越せずにいた。確かに、今朝初めて通勤してみたが、殺人的な通勤ラッシュの中で電車に揺られる一時間半は辛かった。もう少し近いところに引っ越したいとは思う。

「引っ越したいんですけど、まだ物件探しをしていなくて」

「え、じゃあうちの手掛けた物件に住みなよ。家賃補助が少し高いから。一緒に探してあげる」

「でも、イマディール不動産って都心メインですよね？　この辺だと高くないですか？」

「大丈夫。うちのリノベ物件だったら半額補助出るから、高くないよ。だって、板沢さんは中目《なかめ》だし、尾根川君は恵比寿《えびす》だし」

「ナカメ？　中目黒《なかめぐろ》のことですか？」

「うん、そう」

「えー、凄い！」

私は目を丸くした。

中目黒とは、渋谷駅から東急東横線で二駅、距離にして数キロほど横浜市《よこはまし》寄りにある駅だ。恵比寿は山手線沿いで渋谷駅のすぐ隣だし、地下鉄に乗れば広尾からも一駅でつく。どちらも、雑誌の『住みたい街ランキング』で名前を見たことがある。『住みたい街』と言うくらいだから、多くの人は住みたくても住めない街ということだ。そんなところに住めるなんて凄いと思った。

「凄くないよ。僕のマンションの家賃は十万円だけど、僕の負担額五万円」

正面で話を聞いていた尾根川さんが苦笑する。

「え？　そうなんですか？」

私は思ったよりも良心的な額に驚いた。たしかに、午前中の福利厚生の説明で、家賃負担は通常三割だけれども、イマディール不動産が手掛けた物件なら五割だと言っていた。負担額五万円なら、私にも払える気がした。

「藤堂さんの新しいおうち探し、明日しようよ。いいのが沢山あるよ」

「いいんですか？」

「いいよ、いいよ。藤堂さんの理想の物件探し、お手伝いします！」

尾根川さんは得意げな顔をして笑った。


その日の晩、イマディール不動産の皆さんは広尾駅のすぐ近くにあるナポリピザのお店で私の歓迎会をしてくれた。店内に本格的なピザ窯のある、明るい雰囲気のお店だ。

「うわ、すごいモチモチ！」

店内で職人さんが皿回しのように器用に指先で回しながら作ったピザは、手にのっけると形がぐにゃりと崩れるほど薄い。けれど、くるりと巻いて一口食べると、もっちりとした食感とトマトの酸味の効いたソースが口いっぱいに広がった。なんだこれ、今まで食べた中で一番美味しいかも。

「ここ、雑誌にもよく紹介されるピザ屋なんだよ」

「へえ」

綾乃さんのコメントにも納得の美味しさだ。これは、これまでの私のピザの常識を覆したかもしれない。エビのフリットや、カプレーゼも美味しい！

「おまたせ。遅れて悪い」

美味しい料理と会話を楽しんでいると、ふと後ろから声がして、私は振り返った。

そこにいたのは、自分より少し年上に見える男の人。スーツの上着を片手にかけて、ネクタイを楽に緩めている。短く切られた髪は整髪料で上げており、切れ長の瞳が涼しげな印象の、ハンサムな人だ。

「さくらぎぃ、遅い！　全然オフィス戻って来ないし、何してんのよ。美雪ちゃんの歓迎会なんだから！　あんたが指導役なんだよ」

少し酔いの回った綾乃さんが文句を言うと、「ごめん、ごめん」とその男の人は苦笑しながら両手を胸の辺りに挙げて降参のポーズをして見せた。

「俺、桜木寛人《ひろと》。藤堂さんの指導役させてもらいます。よろしくね」

こちらを見てニコリと微笑む笑顔は柔らかく、とても優しそう。

「藤堂美雪です。よろしくお願いします！」

私はその場で慌てて立ち上がり、深々と挨拶した。私のその様子がおかしかったのか、まわりはどっと笑いに包まれた。


翌日出社すると、私のデスクの上には一冊のファイルが置かれていた。中を開くと、イマディール不動産が手掛けた1Rと1Kの物件情報が沢山載っている。

「それ、うちでリノベーションを手掛けた物件情報。今ちょうどオーナーさんが入居者募集しているやつだから、気に入ったのがあったら言ってよ。案内する」

流し読みしながらなんとなく捲《めく》っていると、尾根川さんが声を掛けてくれた。私は頷いて、置いてあるファイルに視線を落とす。パラパラと捲って見るかぎり、広さは二十から三十平方メートルくらいが主流のようだ。リノベーションするくらいなので、築年数はそれなりに経っている。だいたい、築二十年から築三十年くらいが多い。けれど、写真で見る室内の様子はまるで新築みたいだ。

そのとき、オフィスの外線電話が鳴る音がした。

「はい、イマディールリアルエステートです。はい、はい……。今日これからですか？少々お待ちください……。大丈夫です……」

電話に出た尾根川さんは、話しながら電話口の相手に頭を下げ始めた。電話なのに、まるでそこに人がいるみたいに何度もお辞儀をする。電話が終わると、尾根川さんは私に向かって両手を合わせるポーズをした。

「藤堂さん、ごめん。栗川《くりかわ》さんがこれからリノベ終えた物件見たいって言っていて。行かないと」

「栗川さん？」

「うちのお得意様だよ。社長が前の会社にいた時からの大顧客。何軒も不動産を持っている、すっごい大金持ちなの」

綾乃さんが横から解説する。なるほど、それで電話なのにペコペコしていたのかと私は納得した。

「凄い人なんですね」

「うちみたいな新規参入の不動産屋にとっては神様だよ。まさに、神様、仏様、栗川様。社長がここに開業した決め手のひとつも、栗川さんのお宅が近いから。あともう一人神様がいて、その人は桜木が担当しているの。その人もこの辺に住んでいるのよ。すっごい大豪邸」

綾乃さんはなむなむと仏さまに祈るようなポーズをした。

広尾に大豪邸って、聞いただけでも凄そうだ。尾根川さんはそうこうする間に書類などを用意して鞄に詰め込むと、あっという間に事務所を飛び出していった。

尾根川さんが行ってしまったから、私の新居探しはまた今度かな。そう思った私は見ていた物件情報を机の端に寄せた。うーんと大きく伸びをすると、こちらを見ていた桜木さんの切れ長の瞳とばっちり目が合い、私は慌てて姿勢を正した。

「藤堂さん。物件選びするなら、擬似お客様をする？　藤堂さんがお客様で、俺が接客する。シミュレーションになるから、今後のためにもなるだろ？」

「え？　いいんですか？」

この件はまた今度だと思っていたので、私は桜木さんの提案に目を輝かせた。

「どうせ引っ越すなら、物件は選ばなきゃなんだろ？　うちの手掛けた物件を見るいい機会だし、接客の勉強にもなる。藤堂さんは元々接客していたから慣れているだろうけど、勝手が違うところもあるかもしれないし。さっそくやろうか？　形はちゃんとした方がいいから、接客室でいい？」

「はい！」

私はさっそく立ち上がると、接客室に向かった。

「こちらにどうぞ」

勧められるがままに椅子に腰を下ろした。

オフィスの一角にある接客室は、狭いけれど壁の一面がガラス張りなので、圧迫感は全くない。桜木さんは私の前に先ほどまで私が見ていた物件情報とアンケート用紙を置いて、

「こちらにご記入頂けますか？　あと、こちらは物件情報ですのでご自由にご覧ください」とにこやかに告げると部屋を出た。

「どうぞ」

「あ、ありがとうございます」

「どういたしまして」

アンケート用紙を記入して物件情報に見入っていると、桜木さんにホットコーヒーを出されて、私は慌ててお礼を言った。桜木さんは接客室の裏側の辺りを指さした。

「裏にお客様専用のコーヒーメーカーがあるから、接客のときはそれを使ってね。俺らの使うやつよりちょっと高級なやつ。今日は特別ね」

桜木さんがいたずらっ子のような笑みを浮かべる。

言われてみれば、出されたコーヒーからは芳《こう》ばしい香りが立ち、昨日教えられた給

湯室のインスタントコーヒーとは明らかに違う。一口飲むと口の中にコーヒー独特の酸味と苦味が広がった。

「イマディールリアルエステートへようこそ。物件をご案内する前に、いくつか確認させて頂いてもよろしいですか」

「はい。お願いします」

桜木さんは早速接客モードに入った。私もピンと背筋を伸ばす。今まで接客する側で毎日こういうやり取りをしていたのに、いざ久しぶりにお客様側になるとちょっと緊張した。桜木さんは私の記入したアンケート用紙を確認しながら、こちらを見た。

「一人暮らし用の物件をお探しで、ご希望の間取りは1Kか1Rでよろしいですね？」

「はい」

「畏《かしこ》まりました」

桜木さんはタブレット端末を操作しながら、私に質問を重ねる。

「希望のエリアや駅が空欄ですが、どこかご希望はございますか？」

「えっと、特にないですけど、広尾駅の近くにあるオフィスに通勤時間三十分くらいで行けるところがいいです」

「希望の沿線もないですか？」

「ないですけど、乗り換えが少ない方が有難いです」

「最寄りはバスでも構いませんか？」

「構いません」

桜木さんがタブレット端末に何かを入力しながら、顎に手を当てた。私の希望が非常に曖昧《あいまい》なので、どの場所を勧めるかあたりを付けているのかもしれない。

「桜木さん、喋《しゃべ》りは普通で大丈夫です」

私はこそっと小さな声で桜木さんに告げた。

先輩社員に敬語で喋られるのはちょっとやりにくい。ここは砕けた喋り方でも、実際に自分が対応するときはきちんとできる自信はある。五年間も不動産屋さんの窓口をしていたのだから。

「そう？　失礼ですが、ご予算はありますか？」

「はい。五万円くらいだと助かります」

「五万円……。家賃補助前で十万円ってことでいいかな？」

苦笑気味の桜木さんを見て、私も苦笑いした。流石に五万円で借りられる物件は、ここにはないらしい。

「はい。家賃補助前で十万円で」

「うーん。最寄り駅には全く希望がないんだよね？」

「はい。ないです」

桜木さんの眉間に僅かに皺が寄る。こんな曖昧な要望のお客様はそうそういないのだろう。たしかに、私が窓口で対応してきたお客様も、みなさん最寄駅かエリアくらいは決めていた。

「趣味は……昨日の飲み会で料理が好きって言っていたっけ？」

「？　趣味？　はい。料理かな……」

なぜに物件選びに趣味？　と私の頭にはクエスチョンマークが沢山浮かぶ。桜木さんは真顔でタブレットを弄《いじ》っていた。

その後もいつかの質問をやり取りして、桜木さんは時折手元のタブレット端末を操作していた。少しの沈黙の後、桜木さんが顔を上げる。

「藤堂さんは女性だし、一人暮らしだし、セキュリティ対策がしっかりとしたマンションがいいと思うんだ。ただ、そういうマンションは相対的に家賃が高くなる。例えば、尾根川が恵比寿で家賃十万円って言っても、あのマンションにはオートロックがない。この予算でセキュリティ対策のしっかりしたマンションだと、山手線の外側に出るか、駅から離れるとだいぶ選択肢が増えるんだけど、どうかな？」

私は少し首を傾げた。

この辺りにあまり土地勘がないので、なんとも言い難かった。ただ、元々郊外に住んでいたので、山手線の外側や内側にこだわりはない。

「特にこだわりはないので、おすすめの場所があったら教えて欲しいんですけど……」

おずおずとそう言うと、桜木さんはタブレット端末を何回かタップして、机の上に置かれたファイルから三件ほど物件情報を選び、私の前に並べた。

「エリアが決まってないから、特徴的な物件を三つ選んでみたよ。一件目はこれ。最寄駅は恵比寿、白金台《しろかねだい》、広尾駅の三駅だけど、どの駅にも徒歩十五分くらいかかる。ただ、会社があるここまでは歩いて二十分かからないし、バスもある。休日も渋谷に行くバスのバス停が近いから、そこまで不便ではないと思うよ。築二十四年の1R、家賃は管理費込みで十万五〇〇〇円。二件目は日比谷線中目黒駅徒歩十分。築十六年の1K、家賃は管理費込みで九万八〇〇〇円。広尾までは電車で一本だから、通いやすいと思う。最後は一回乗り換えがあるけど、駅近物件。東急東横線の祐天寺《ゆうてんじ》駅徒歩四分。築十二年の1K、家賃は管理費込みで九万二〇〇〇円」

並べられた物件を一つ一つ指さして話す桜木さんの説明を聞きながら、私は物件情報に目を通す。どの物件も最初に桜木さんに勧められた通り、オートロック付きだ。

一件目の物件は、恵比寿、白金台、広尾駅の三駅が最寄りと言っていた。

私は壁に貼られた地図を確認した。恵比寿、白金台、広尾駅の三駅はそれぞれが二キロほど離れた三角形を描くように位置している。広尾から見ると、西南西に恵比寿駅があり、南に白金台があるのだ。つまり、そのどの駅も使えるということは、どの駅も一キロ以上離れているということだ。

ぱっと見では一番新しい三番目の物件に惹かれたけれど、どれがいいかすぐには決められなかった。

「よかったら、実際に見に行こうか。うちの手掛けた物件見たいでしょ？」

「いいんですか？　はい、行きたいです！」

桜木さんがニッと笑って立ち上がったので、私は慌ててその後を追いかけた。

「本当だったらタクシーを呼ぶんだけど、俺ら二人だから電車とバスでもいい？」

オフィスを出てすぐに、前を歩く桜木さんがこちらを振り返る。私は「はいっ」と頷いた。

「暖かいし、最初の物件は歩こうか。もしそこに住むことになったら、毎日歩くわけだし」

「そうですね。お願いします」

私たちは広尾にあるオフィスから目的の物件まで、のんびりと歩くことにした。広尾駅の前には大きな幹線道路が走っている。南北に延びる、外苑西通り《がいえんにしどお》りだ。

商店街を出てその外苑西通りを南下する。左右のショッピングモールを越えると、右手には大きな都営住宅が現れ、それも過ぎると明治通りと交差する大きな十字路にぶつかる。歩道橋を渡ったところにある学校の前では、紺色のスーツを着たお母さん達が何人か立っていた。校門には『慶應義塾幼稚舎』と書かれていた。

「幼稚園？」

「小学校だよ」

「あの方達は何をしているんでしょう？」

「四月だから、通学に慣れないお子さんを迎えに来ているんだと思うよ」

「へえ。遠くから通っているんですかね？」

「そうなんだろうね」

　私は歩きながらその学校を眺める。校門の近くにある桜の木はすっかり花が散って、かわりに息吹いた緑色が眩しい。そのまましばらく歩くと、道路沿いの店舗は数を減らし、左右には背の高いマンションが建ち並び始めた。

「こんな都心でも、結構人って住んでいるんですね」

　私はそのマンションを見上げた。

　戦後まもなくして都心地区の地価が高騰《こうとう》し始めると、都心部を中心としてドーナツ状に住宅が広がる郊外ドーナツ化現象が見られるようになった。しかし、ここ数十年で郊外に住んでいた人々が都心に戻ってくる都心回帰が進んでいる。その牽引《けんいん》役となっているのがマンション、特に最近は超高層のタワーマンションだ。

　田舎《いなか》育ちの私の中では、都心は遊びに来たり、働きに来る場所だが、実はこんなにも沢山の人が住んでいる。

「都心のマンションは現役世代には人気だよ。職場が近いと、相対的に余暇に使える時間が増えるからね。独身の人やＤＩＮＫＳが多いけど、意外とファミリー層もいるんだ」

　桜木さんは私の視線を追うように、目の上に手で傘を作ってマンションを見上げる。

DINKSとはDouble Income No Kidsの頭文字を合わせた造語で、結婚した後も子供を持たずに夫婦共働きをする家族形態のことだ。お金と時間に余裕がある分、都心ライフを楽しむ人が多い。けれど、ファミリーも多いというのは意外だった。

「そうなんですか?」

「うん。だから、うちの一番の売れ筋は沢山の賃貸需要が見込める三十から六十平方メートルなんだけれど、八十平方メートル以上の広い物件も意外とニーズが高い。流通量が少ないから、いいのが出るとすぐに売れる」

「へえ」

そんな話をしていたら、目的の物件にはすぐに着いた。喋りながら来たせいか、思ったよりもだいぶ近く感じた。赤茶色のタイル貼りのそのマンションは、築二十四年と言う割にはもっと新しく見える。エントランスにはガラス張りのドアがあり、そこに桜木さんが鍵を近づけるとドアは自動的に開いた。

「あれ? 鍵はささないんですか?」

いつの間にロックを解除したのかと不思議に思って桜木さんに聞くと、桜木さんは手に持っていた鍵を私に差し出した。鍵は、持ち手の部分に丸っこく黒い物が付いていた。

「このマンション、築二十年の大規模修繕で色々直しているんだ。流石に完全ハンズフリーではないけれど、タッチ式に変わっている」

「へえ、凄い！」

完全ハンズフリーとは、最近の新築高級マンションに多い、鍵を持っているだけで自動認識してオートロックが解除されるというもの。このマンションの場合は、タッチ式キーをオートロックの隣のセンサーにかざすタイプだ。

桜木さんは持っていた物件資料を確認する。

「部屋が四〇三号室。行こう」

「はい！」

歩き始めた桜木さんを慌てて追いかける。目的の部屋の前に着き、ドアに鍵をさして回すと、カチャリと音がした。ドアマンのように桜木さんがドアを開けて、室内へと促してくれた。

「わあ、凄い！」

入ってすぐに、私は思わず感嘆の声を上げた。

玄関の床は大理石調の石タイル貼りで、フローリングは最近の流行りである太めのウォールナットカラー。壁紙は白系なのだけど少しだけ色味がある。ドアを開けて一歩足を踏み入れれば、中は新築さながらだ。照明はダウンライトで、玄関の壁の一部にはアクセントの内装壁タイルが使用されていた。

玄関から入ってすぐのところにあるお風呂は、この手の間取りに多いトイレとくっついた一体型ではなく、有難いことに洗面所と風呂とトイレが別だ。そのお風呂も木目調のウォールで、シックな雰囲気だった。トイレも床が大理石調のタイル貼りになっていて、まるでお洒落なレストランのトイレのようだ。

極めつけがキッチン。1Rには珍しい二口コンロで、しかもガラストップだった。料理も掃除もしやすそう。部屋には大容量のクローゼットもついていた。

「なんか、想像と全然違います！　凄い‼」

「そう言ってもらえてよかった。ここのリノベーション、俺が担当したんだ。元々はよくあるタイプの1Kだったのを、壁を崩して1Rに変えた。廊下をなくしたお陰で、部屋の広さを維持したまま風呂とトイレを別にするスペースを確保したんだ」

私の反応を見た桜木さんは嬉しそうにはにかんだ。

私は本当にびっくりした。リノベーションは物件の価値を高める。その言葉がしっくりとくる。

その空間は、とても二十四年の月日を経たものには見えなく、今その瞬間に、その部屋の主を待つために生まれた空間かのように感じた。

「部屋の向きは東南だから、陽当たりもいい。景色はちょっと被るけど」

桜木さんが未入居物件によく使われる、養生用の紙カーテンを開ける。窓からは眩しい光が差し込み、壁紙を白く染めた。

私はその大きな窓に近づくと、外を覗いた。洗濯ポールを立てるためのフックがついたベランダの向こうには、片側一車線の道路が見える。向かいには背の高いマンシヨンが建っており、視界を遮っていた。

「確かに前の建物が視界を塞いでいますね。でも、それなりに広い道路を挟んでいるから、そこまで気になりません」

前の道路は片側一車線だけれども、歩道もそれなりに広い。景色がいいとは言い難いけれど、それほど問題には感じなかった。

その後、私と桜木さんはバスに乗って恵比寿駅に向かった。物件からバス停は徒歩五分ほど。バスも五分に一本程度は来るようだ。

「駅は遠いですけど、確かにバスが沢山あるから不便ではなさそうですね」

「でしょ？　あそこ、お勧めだよ」

バスに乗って流れる外の景色を眺めていた桜木さんは、私の顔を見下ろすとニヤッと笑った。あっという間に恵比寿駅前に到着し、バスに乗っていた時間は五分ちょっとだったと思う。

恵比寿駅から日比谷線に乗った私達は、まず一駅移動して中目黒の物件を見に行き、次に中目黒駅から東急東横線に乗ってもう一駅隣の祐天寺駅に向かった。

どちらも内装は新築のように真新しく、築十年以上の物件にはとても見えなかった。けれど、いわゆる普通の独身向けマンションとして無難にまとまっている感じがして、最初の物件ほどの感動はなかった。

オフィスに戻ると、朝飛び出していった尾根川さんが戻ってきていた。

「藤堂さん、朝はバタバタしちゃってごめんね。桜木さんと回って、気に入った物件はあった?」

尾根川さんは私を見つけると、申し訳なさそうに眉尻を下げた。私は大丈夫だから気にしないでほしいと伝え、一番気に入った最初の物件の案内を差し出した。

「私、ここにしようかと思います」

尾根川さんはそれを受け取って目を通すと、片手をおでこに当てた。

「あー、ここかー。やっぱり!」

「やっぱり?」

私は首を傾げる。尾根川さんから物件案内を受け取った綾乃さんもそれを見て、「あ、やっぱり!」と言った。何がやっぱりなのだろう。

「桜木って凄いのよ。桜木の案内で桜木の手掛けた物件見た人って、かなりの高確率でそこに決めるの。藤堂さんもかー」

案内を見つめながら、綾乃さんは口を尖らせる。私は驚いて桜木さんを見た。

「藤堂様。この度はご契約、誠にありがとうございます」

私と目が合った桜木さんは器用に片眉を上げると、楽しそうに笑った。

二、資産価値の高いマンションとは

ゴールデンウィーク真《ま》っ只中《ただなか》、世間では出国ラッシュがなんとやら、とか、帰省ピークがなんとやらって言っている。そんな中、私――藤堂《とうどう》美雪《みゆき》は黙々と荷詰めの作業をしていた。

二人暮らししていた1LDKから単身向けの1Rに引っ越すのだから、当然部屋は狭くなる。そのため、家具の殆《ほとん》どは廃棄するつもりだ。洋服や鞄、食器などの日用品は持ってゆく。

ベッドを買い直しするのは金銭的にきついけれど、この英二《えいじ》との思い出が詰まったセミダブルのベッドを持ってゆく気にはとてもなれない。

使い慣れたお皿を新聞紙に包み、段ボール箱へ詰めてゆく。淡々と作業していると、インターフォンが鳴る音が聞こえた。応答ボタンを押すと、前の会社で同期だった真《ま》理子《りこ》だった。

「やっほー、美雪！　進んでる？」

私がドアを開けると真理子は片手を挙げて、にかっと笑った。

真理子と私は前の会社に同期入社した、元同僚だ。地元の大学を卒業し田舎《いなか》から出てきた私にとって、真理子は同じ歳の貴重な女友達であり、プライベートでもよく遊んでいた。今日は私の引っ越しの荷詰め作業を手伝いに来てくれたのだ。

真理子は手土産だと言って水色の箱を手渡してきた。私はそれをテーブルの上に置く。

「それ、ちょっと前に駅前にできたカップケーキ屋さんのだよ。いつも混んでるとこ。初めてだから楽しみー」

真理子は箱を指さしながら、さっそく棚を開けてフォークを探し始めた。フォーク、段ボール箱へしまう前でよかったな。

「いつも混んでる？　知らない」

「えー？　いつ見ても並んでるじゃん。駅の向こう側」

目的のフォークを見つけ出した真理子は、水色の箱を開けてカップケーキを取り出すと、私に「はいっ」と一つ差し出した。そのカップケーキは、普通のシンプルなプレーンカップケーキの上に、これでもかというくらいに大量のクリームがのっている。しかも、そのクリームの色がピンク色と黄色で、なんとも不思議な色合いだ。私は恐る恐る、少しだけ口に含む。口の中に砂糖をぎゅうぎゅうに詰めたような甘さが広がった。甘い‼

「甘ーい！　コーヒーが欲しい！」

真理子が叫ぶ。真理子も私と同じ感想だったようで、あまりの甘さに悶絶《もんぜつ》している。

「コーヒー、ないの？　マグカップしまっちゃった？」

「たぶん、まだあるよ。ちょっと待って」

私は慌てて棚を探し始めた。奥から出てきたのは、使い慣れた赤と青のお揃いのマグカップ。私はそれを見て、手を止めた。

赤地の水玉と青地の水玉のマグカップは私と英二のペアだった。付き合い始めたばかりの頃、映画館デートした帰り道にふと立ち寄った雑貨屋さんで私が一目惚れして、英二がお揃いで買ってくれた。

「どうせ必要になるだろ？　美雪の家に置いておいてよ」

マグカップを手に取ると、私にそう言って笑いかけた英二。あの頃はまだ同棲をする前だったけれど、私にはそのお揃いのカップが自分達のこれからの幸せな未来を暗示しているようで、とても嬉しかった。

「カップ、なかったの？」

私は目を伏せて棚の扉をパタンと閉じる。真理子が怪訝《けげん》な顔をして私を見上げた。

「全部しまっちゃったみたい。よくよく考えたら、コーヒー豆もないよ。私、ちょっとコンビニ行って買ってくるわ」

「分かった。じゃあ、このお皿を新聞紙で包んでおけばいい？」

「うん、助かる！」

私はへらりと笑い、財布を持って家を飛び出した。

コンビニまでは歩いて五分くらい。そこでも私は、今日の自分の運のなさを呪った。

ガラス張りのコンビニの外壁越しに、見慣れた人影を見つけたのだ。後輩と英二だった。

入ってすぐのところに陳列された日用雑貨品を見ながら寄り添う二人は、何かを話しながら商品をかごに入れた。休日に二人で会って、仲良く寄り添ってコンビニで日用雑貨品を買う。それだけで、あの二人の関係がどんなものであるかは容易に想像がつく。

ああ、本当に今日はツイてない。後輩と最寄り駅が一緒なのは知っていたけれど、コンビニで鉢合わせするなんてこれまで一度もなかったのに。

後輩がふいに振り返ったのを見て、私は慌てて踵《きびす》を返した。

なんて惨めなんだろう。

あの二人は仕事も今まで通り続けていて、寄り添って幸せそうで、何も変わらずに暮らしている。なのに私は、恋人を失い、仕事を失い、家も引っ越し、こんなふうにコソコソして。

何がいけなかったのかな。

そんなこと考えても、もう仕方がないことくらい知っている。

けれど、自分がとても惨めな存在に思えて、涙がこぼれ落ちそうになった。それが悔しくて、私はぎゅっと目を瞑《つぶ》ってから空を見上げた。

「遅かったねー。どっか寄り道して来たの？」

家に戻ると、真理子はすっかりお皿を包み終えて調理器具をしまい始めていた。私は真理子に買ってきたコンビニのドリップコーヒーを手渡す。

「うん。散歩がてら向こうのコンビニまで行ってきた」

「そっか。もう、この辺歩くこともなくなるしね」

真理子は深く追及することもなく、私からコーヒーを受け取るとそれに口を付けた。

「お。このカップケーキ、ブラックコーヒーと合わせるとなかなか美味《おい》しいよ」

真理子に促されて、私もカップケーキを食べてコーヒーを一口含む。カップケーキの強烈な甘さとブラックコーヒーの苦みがいい具合に混じり合って、凄く美味しい。

「本当だ。美味しい。真理子、ありがとう」

「どういたしましてー。美雪の今度住むところなんて、近くに美味しいお店が沢山ありそうだよね。いいなぁ」

「引っ越ししたら、遊びに来てよ。ワンルームマンションだけど、詰めればお布団敷けると思うから、泊まりに来てくれてもいいし。ちょっと古いけど、すごく素敵なの」

「本当？　行く行く！」

真理子は私の誘いに嬉しそうに笑った。

真理子が手伝ってくれたお陰で、荷詰めの作業はあっという間に終わった。あとは明日、引っ越し屋さんが荷物を運び出したらこのマンションともさようならだ。

「ねえ、真理子。私、何がいけなかったのかな?」

ボソリと呟《つぶや》いた私の言葉に、ゴミをまとめていた真理子は怪訝な表情をした。

「可愛げがなかったのかな? それとも、毎晩ご飯作って待っているせいで飲みに行けなくて重かったとか……」

私が続けた言葉を聞いた真理子は表情を強張《こわば》らせた。

「美雪! 美雪は悪くないよ。三国《みくに》が見る目がないの! あのぶりっ子にまんまと引っ掛かるなんて、ネズミ取りに引っ掛かるネズミレベルだわ」

少しだけ声を荒らげた真理子は、すぐに落ち着きを取り戻すとふぅと息を吐き、私を見た。

「ねえ、美雪。今日はうちに泊まりにおいでよ。そうすれば、布団も今日のうちに片付けておけるし」

「え、いいの?」

「いいよ、大歓迎。来て、来て」

真理子に誘われて、私はお言葉に甘えることにした。なんとなく、今日はあのベッドで眠りたくない。

段ボール箱しかないがらんどうの部屋を見渡し、忘れ物がないことを確認すると私はドアに鍵を掛けた。

「あれ？　何かゴミ袋に入れ忘れてた？　全部ひとまとめにしたつもりだったんだけど」

エレベーターに乗り込むとき、真理子は私が大きなゴミ袋と一緒に持つ、小さなスーパーのレジ袋を見て怪訝な顔をした。

「うん、ちょっとね」

私はそれを不燃ゴミのボックスに捨てる。ボックス中で他のゴミとぶつかったのか、カシャンと陶器のぶつかり合う音がした。

レジ袋の重みが手から消え、心まで軽くなった気がした。

「ふう。やっとできたー」

最後の段ボール箱を崩してぺちゃんこにすると、私はふうっと息を吐いた。

単身の引っ越しだからそこまで荷物はないはずだけれど、新居では真理子の手伝いがなかったこともあり、荷解きは結構大変だった。段ボールから剝《は》がしたガムテープの屑《くず》や、包んでいた緩衝材をゴミ袋に全部まとめると、パンパンと手をはたいた。

まだゴールデンウィーク中なので役所はやっていないし、引っ越しの荷解き作業は終わった。今日の夕方に新しいベッドが届くことになっているけれど、指定の時間まではあと三時間以上ある。

ローテーブルの上を片付けようとして、そこに置いておいた、入居案内と一緒にオフィスで渡された街散策マップが目に入った。広尾《ひろお》周辺の地図に、スーパーや公共施設、公園、ちょっとしたレストラン情報などが書かれている。初めて出社した日に連れて行ってもらったイタリア料理店も載っていて、『本格的なナポリピザが楽しめる』と紹介文が付いていた。

「あの辺りってオフィス側しか殆ど知らないんだよなー」

私は街散策マップを眺めながら独りごちる。

街散策マップは広尾駅を中心にしており、周囲三キロ四方の情報が載っている。オフィスは広尾駅の東側の商店街の中にあるのでそちらはちょっと詳しくなってきた。美味しいお店が沢山で、毎日ランチタイムが楽しくて堪《たま》らないくらいだ。

けれど、外苑西通《がいえんにしどお》りを挟んだ反対側には殆ど行ったことがなかった。地図を見ると、駅のすぐ近くに大きな公園があるようだ。公園の中には図書館もあると書かれていた。

「行ってみようかな……」

私はもう一度時計を確認した。時間はまだ大丈夫そうだ。マップを見ると、公園の近くには外国人向けのスーパーマーケットもあると書かれていた。料理が好きな私にとって、海外の調味料が揃っているというのはかなり興味を惹かれた。

よし、行ってみよう！

そう決めると、私はすぐに出かける準備を始めた。

広尾駅まではいつもの通り、外苑西通りを北上する。手に持った街散策マップを見ると、その途中にも幾つかコメントが入っていた。例えば、マンションから広尾駅に向かう途中にある天現寺橋《てんげんじばし》交差点近くには全国からお取り寄せスイーツを集めた人気カフェ『天現寺カフェ』があるだとか、フランス大使館があるとか。

真理子がカップケーキを買ってきてくれたときにも感じたけれど、近くに住んでいても知らない地元の情報というのは結構多い。マップを見ながら歩いていると、知らない街に来ているような気がして、なんだか得した気分になった。

目的の公園――有栖川宮《ありすがわのみや》記念公園は広尾駅から歩いて数分のところに位置していた。広尾駅からちょうど商店街とは反対側に進むのだ。入り口から木々が茂っているのが見え、傾斜のある地形を利用した広い公園の上の方は、ここからでは確認できない。

通りを挟んで向かい側にはスーパーマーケット『ＮＡＴＩＯＮＡＬ　ＡＺＡＢＵ』があり、ここがマップに書いてあった外国人向けスーパーであることは見てすぐに分かった。なぜなら、店名がアルファベットだし、店の入り口に置かれた日用品のラベルも横文字だったたから。

私は少し迷って、先にスーパーに寄って飲み物でも買ってから公園を散歩することにした。

店内に入って圧倒されるのは、外国人の多さ。あれ、私、海外旅行中だっけ？　と思うほどだ。

店内に並べられた商品も日本の一般的なスーパーとはちょっと違う。例えば、お肉売り場にはこんなにでかい牛肉ブロック誰が食べるの⁉　とツッコミたくなるような商品から、クリスマスシーズンでもないのに大きな鳥の丸ごと肉が置いてあったりした。そして、プレートも日本語と英語で併記されている。

私はお菓子売り場に行くと、おやつにグミを買おうとかごに入れた。もちろん、横文字ラベルの初めて見る商品にしてみた。グミってこんなに沢山の種類があったんだなぁと感心してしまう。ちょっとした観光地に来たようで、見ているだけで楽しい。

調味料売り場では見たことのない珍しい調味料が沢山あったのでものすごく心惹かれた。けれど、手を伸ばしかけた私は、やっぱり手を引っ込める。

今までは英二がいたから、沢山作っても大丈夫だった。けど、今は一人きり。この調味料を買って、一人で使い切れる？　それに、やっぱり料理を作ったら、誰かに美味しいって言って欲しい。でも、英二が最後に『美味しい』って言ってくれたのはいつだったっけ？

楽しい散歩中にまた嫌なことを思い出して、私ははぁっとため息をつく。気分転換のつもりが、本当に駄目だなあとちょっと落ち込む。結局、そこでは何もかごに入れることなく調味料売り場を後にした。

店を出ると、私は通りを渡って公園へ向かった。

中に入ると、すぐにとても大きな池が見えた。近くに寄ると、沢山の亀が悠々と泳いでいる。黒い鯉が泳いでいるのも見えた。池に沿って公園内の通路があったので、私は池をぐるりと回るようにそこを歩いた。

通路の先には傾斜に沿って造られた階段があったのでそこを登ると、まるでどこかの山寺にでも来た気分だ。途中にちょっとした脇道があるのを見つけてそちらに進むと、小さな橋が架かっていた。橋の真ん中に立つと、下の斜面には水が流れており、小さな滝のようになっていた。そこから先ほどまでいた公園の入り口の辺りを見下ろすと、大きな池と新緑のコントラストが絶妙で、まるで一枚の絵画のように見える。下を流れる川の水音が心地よく耳に響いた。

私はその先にあった小さな広場でベンチに座った。先ほどのスーパーで購入したコーヒー飲料を飲むと、ほぅっと息を吐く。頬を撫《な》でるのはこの時期特有の温かく心地よい風。耳に届くのは風に揺られる木々の囁《ささや》き。目に入るのは青い空と新緑の緑。

――都心にこんな場所、あったんだなぁ。

ベンチに座ったまま、目を閉じて耳を澄ます。風に乗って、小鳥の歌声や虫の鳴き声、それに、時折子供の歓声が届いてきた。

私は半分ほど残ったコーヒー飲料にキャップをすると、立ち上がった。まだ行っていない公園の上の方へ行ってみようと思ったのだ。登り始めてすぐに、先ほどまでは微《かす》かに聞こえるだけだった子供達のはしゃぐ声がはっきりと聞こえてきた。

「わあ。遊具がある」

まるで林の中のような、木々に包まれた階段を登り切ると、そこには子供向けの遊具があった。跨《また》がるタイプのバネ付きの動物、ブランコ、すべり台がついた大型遊具などで、子供達が楽しそうに遊んでいる。お喋《しゃべ》りしている親達の言語は様々で、ここでもこの地域の国際色の豊かさを感じた。

遊具の遊び場を抜けてまっすぐ歩くと、前方に大きな白い建物が見えてきた。近づいてみると、案の定、ここが図書館のようで『東京都立中央図書館』と表札があった。

私はガラスの自動ドアを抜けて中へと進んだ。立ち並ぶ書架の間を歩き、気になった本を二冊ほど手にとった。料理の本と恋愛小説だ。まだ自分では恋をする気分にはなれないけれど、本でなら幸せな気持ちになれるかもしれない。そんなことを思って、私は二時間ほど閲覧コーナーで読書を楽しんだのだった。

＊　＊　＊

「桜木《さくらぎ》さん、お引っ越し完了しました！」

ゴールデンウィーク明けに会社に出社した私は、まず桜木さんに報告した。

「お。引っ越しお疲れさん」

「じゃあ、今日は藤堂さんの転居祝いしますか！」

横で話を聞いていた綾乃《あやの》さんが身を乗り出す。綾乃さんは飲みに行くのが大好きなようだ。

「不便なことはない？」

桜木さんに柔らかな笑顔で見つめられ、私は首を横に振る。

「大丈夫です。スーパーの場所とかは散策マップに書いてあったし。初日にはあれを見ながらお散歩に行ったんですよ」

「え、本当？」

「はい。周辺のお店とか全然分からなかったので、凄く役立ちました」

「そっか。よかった」

私の言葉を聞いた桜木さんは嬉しそうにはにかんだ。

「もー、桜木！　本当にアンタ、やり手よね‼」

綾乃さんはいつものノリで桜木さんに突っ込む。私は話がよく分からず、首を傾げた。

「あのお散歩マップ、入居者や購入者へのサービス向上になるんじゃないかって桜木が言い出して、半年くらい前から配り始めたの。藤堂さんが役に立ったって言うなら、やっぱりニーズはあるんだね。他の地域も作ろうか」

「桜木さんが？」

私は驚いた。どうやらイマディール不動産の営業エースは、顧客のニーズを探るのだけでなく、とても気配りもできる人らしい。

「あのマップ、本当にいいと思います。他の地域も作るなら、私もお手伝いします！」

勢いよく拳を握った私を見て、桜木さんは「ありがとう」と微笑んだ。


まだ五月の半《なか》ばなのに、毎日のように雨が続く今日この頃。もう梅雨入りしてしまうのだろうか。

雨の中を通勤で二十分歩くのが嫌にならないように、可愛い傘とレインシューズを新調した。クリーム色の初夏らしい色合いのレインシューズに足を入れ、大きな花柄の傘を開くと、途端に雨続きで暗くなる気持ちもパッと明るくなる。

「おはようございます！」

「「おはよう」」

私がオフィスに着いたとき、先に来ていた桜木さんと尾根川《おねがわ》さんは何かの本を見ながら話していた。挨拶すると二人とも顔を上げて笑顔で挨拶を返し、すぐにまた話し始める。向かい側の席からちらりと覗くと、その本はテキストのように見えた。

「お二人とも何か勉強しているんですか？」

「僕が資格を取るのに勉強しているんだ。桜木さんに分からないところを聞いてた」

「へえ……。何の資格？」

「宅建《たっけん》だよ」

「宅建？」

私は聞き返す。宅建とは正式名称を『宅地建物取引士』という、国家資格だ。宅地建物取引を行う上で必要な知識を持つ専門家であり、宅地建物取引業を営む事業所にはこの宅地建物取引士を配置する義務がある。

「あれって、確か結構難しいですよね？」

「例年、合格率が十五パーセントくらいみたいだね」

尾根川さんはそう言いながら、顔を顰《しか》めた。

「不動産業を営むなら宅地建物取引士の設置義務があって、事業所の規模に応じて必要な人数が決まっているんだ。今うちの会社だと社長と板沢《いたざわ》さん、伊東《いとう》さん、俺の四人いるんだけど、これから人や事業所が増える可能性を考えると尾根川にも取ってもらった方がいいと思ってね。藤堂さんもどう？」

桜木さんに宅建の案内を手渡されて、私はそれを読んだ。試験の内容がおおまかに書かれており、不動産取引に関わる法律関係が多い。

「できる仕事の幅も広がるし、合格すれば試験にかかった通信教育のお金とかも会社が負担してくれるよ」

「あはは……」

見るからに難しそうなそれを見て、私は乾いた笑いを漏らしたのだった。

＊　＊　＊

バスを降りて顔を上げると、今まで見たことがないくらいに東京タワーが大きく見えた。建ち並ぶビルの中にエッフェル塔みたいにそびえ立つ姿が私の中では定番なだけに、少し見上げないと頂上が見えないこの近さは初体験だ。

「藤堂さん、行くよ。こっち」

桜木さんに声を掛けられて、私は慌ててその後を追いかけた。今日は、リノベーションを施して転売するのに適した物件探しに同行している。

イマディール不動産ではお客様から売却を依頼されて、高く売るためにリノベーションを施すパターンの他に、自社で高く転売できそうな物件を探し出して購入し、リノベーションを施してから転売することもある。

今日は後者の物件探しだ。

「藤堂さん。マンションの価値は何で決まるか知っている？」

「うーん、分譲会社とかですか？」

歩きながら桜木さんに問いかけられ、私は少し考えてからそう答えた。大手の不動産会社が分譲するマンションはブランド名が付いていて、知名度も高い。結果的に高く売れるのは間違いないと思った。

「確かに、隣り合わせで大手不動産会社のブランドシリーズと中堅不動産会社の分譲マンションが並んでいたら、前者の方が高く売れるね」と桜木さんは頷《うなず》いた。

「でも、最も不動産価値に効いてくるのは、なんといっても場所なんだ。『不動産』って言うくらいだから、動かせないからね」

「場所？」

「うん、そう。例えばここは東京都港区《みなと》だけど、港区は日本では最も不動産価値が下がりにくい場所の一つなんだ。都心地区は不景気でも一定のニーズが絶えないから不動産価値が下がりにくい。同じ築年数のマンションの価格変動を見ても、それは明らかだ」

桜木さんは私の顔を見ながら説明を続ける。

「ブランド力のある地域のマンションは値下がりしにくい。うーん、そうだな……例えば今いる港区、中央区《ちゅうおう》、千代田区《ちよだ》とかは『都心三区』といって、固いね。港区、中央区、千代田区の都心三区に新宿区《しんじゅく》、渋谷区、文京区《ぶんきょう》を加えた『都心六区』と言われる地域は昔から値崩れしにくいと言われているんだ。あとは、東京二十三区を出ても、スポット的に安定して人気な地域もある。例えば、吉祥寺駅《きちじょうじ》や三鷹駅《みたか》の辺りとかだよ」

桜木さんの説明によると、土地にはこれまでの取引実績の傾向から明らかに値下がりしにくい地域というものがあり、それらの地域を『ブランド力が高い地域』と呼ぶそうだ。都心六区というのは初めて聞いたが、今後のために覚えておこうと私は小さく復唱した。

桜木さんはさらに説明を続けた。

「あと、駅からの距離もマンションの資産価値には大きく影響する。境界は徒歩五分だね。都心地区で人気の駅から徒歩五分以内のマンションは大きな値崩れはしないと言い切れる。むしろ、値上がりすることも少なくない」

「でも、値崩れしなくてもうちの会社はすぐに売っちゃうから意味ないですよね?」

私は不思議に思って聞き返した。例えば五〇〇〇万円でマンションを買い、何年か住んでまた五〇〇〇万円で売れるのなら儲けものだけど、イマディール不動産はリノベーションを施してすぐに転売しているのだ。あまりその恩恵はないように感じた。

「うーん。そうなんだけど、それは逆に言えばそれだけ市場で需要があるってことなんだ。手を出した時に、失敗するリスクが小さい。資産価値がしっかりしたマンションをリノベーションして適正価格で売り出せば、売れ残って負債になる可能性は低い。うちみたいにあまり大きくない会社では、とても大事なことだ」

真面目な顔で説明する桜木さんを見上げ、私は頷いた。イマディール不動産は決して大きな不動産会社ではない。マンションは取引価格も高いので、一件の売れ残りが会社の業績に与える影響も大きいことは容易に想像できた。

「今日見に行くところは三件あるよ。築二十二年が二件と築二十一年が一件。実は、この築年数も大事なんだ。マンションっていうのは入居した瞬間に中古になる。中古は一般的に新築より安価で、築年数が経てば経つほど値が下がる。一方、大体築二十年を超えると値下がりが止まり、価値は横ばいになることが多い。それに、マンションの劣化は管理体制が大きく影響するんだ。大抵のマンションでは築二十年を迎える前に大規模修繕を実施する。築二十年を超えたマンションは管理体制で雲泥の差が出るから、ひと目見ればだいたいどんな管理体制か想像がつく。管理体制がしっかりしたマンションを選ぶことも大事なんだ」

築二十年——確かに、私の入居したマンションも築二十四年だった。けれど、とても築二十年以上経っているとは思えないくらい、手入れは行き届いている。きっと、そういうところを気にしながらあの物件を選んだのだろう。

「ただ、あまり築年数が経っているとデメリットもある。例えば耐火建築物の住宅ローン控除は築二十五年以下って縛りがあって、それより古いと新耐震基準を満たすことの証明が必要になったりして手間がかかるし、築四十年以上経つとせっかくリノベーションしても、すぐに建て替えの話が出たりする。築二十年過ぎが一番狙い目。まあ、億ションともなると住宅ローン控除がそもそも使えない富裕層の人達が購買層になるから、話がまた変わってくるんだけどね。あとは、最近多いのは外国人の投資家。この人達も住宅ローン控除は関係ないことが多い」

桜木さんの説明を聞きながら、私はなるほどと頷いた。いつか私も、一人で購入物件の選定を手掛けることになるかもしれないから、こういう知識はしっかりと覚えておく必要がありそうだ。

「あ、築年数にはもう一つ大事な節目がある」

「もう一つ大事な節目？」

「うん。一九八一年に建築基準法が変わって、耐震設計の基準が変わったんだ。それ以前の設計のものは旧耐震、それ以降の設計のものは新耐震と呼ばれている。日本は地震が多いからね。古い物件が現行の耐震基準を満たしているか調べるのも手間だし、物件を選ぶときは一九八一年以降に建築確認を受けたものを選ぶといいよ」

「はい。分かりました」

桜木さんの話してくれたことは、不動産業界で働く人間なら当然のように知っているべきことなのだろう。五年も不動産仲介の窓口で働いていながら殆ど何も知らなかったことが、とても恥ずかしく思えた。

私は信号で立ち止まったタイミングで鞄から手帳を取り出し、今聞いたことをしっかりとメモに残した。


都心地区の高級マンションなどこれまで行く機会がなかったので、仕事とは分かっていても気分は浮かれてしまう。私はこの日、あたかもモデルルームに遊びに行くかのような感覚で桜木さんのマンションの現地調査に同行した。けれど、実際は想像していたのと全く違った。

まず、物件近くに到着したら、駅から物件までのルートを確認し、卑猥な店舗が建ち並ぶなどの査定マイナスポイントがないかを実際に目で見てチェックする。

次に、マンション周辺を一周歩き、周辺に日照を遮る高層ビルはないか、ごみ屋敷や騒音屋敷などの問題のある住宅がないかなどを確認した。

マンションに到着したら、オートロックはあるか、管理人は常駐か、ゴミ出しは二十四時間可能か、共用部の掃除が行き届いているか、建物のちょっとした修繕がきちんとされているかなどをくまなくチェックし、やっとのことで部屋に入る。

部屋に入った後もやることは沢山だ。間取りを見ながら、各部屋を確認してゆく。リノベーションするので、ここでは、内装の良し悪しは問題にならない。かわりに、パイプシャフトの場所の確認や壁がコンクリート壁でないことを軽く叩いてチェックする。コンクリート壁だと、壁がマンションの構造を担っていることがあるため、壁を抜く大規模なリノベーションはできないのだ。また、床下の構造もガス管や水道管の位置の変更に影響することがあるので重要だ。窓からの景色、天井高、マンション規約の室内修繕規定などをくまなく確認し、やっと一件目の現調が終わる。それを三件分やるのだから、結構大変だ。

三件目を見終わったとき、私はぐったりだった。もう、足が棒だ。

そんな私を尻目に、桜木さんは鞄から会社支給のスマホを取り出すと、どこかに電話を掛けた。物件案内を見ながら真剣な表情で話しているので、私は邪魔しては悪いかと思って、桜木さんとは別の部屋に移動し、窓から外を覗いた。

リビングダイニングの窓からは、ちょうどビルとビルの隙間を縫《ぬ》うように東京タワーが大きく見える。その東京タワーの麓の辺りには、緑が広がっているのが見えた。

それをぼんやりと眺めていると、電話を終わらせた桜木さんがひょこりと顔を出す。

「藤堂さん、待たせてごめん。社長のＯＫが出たから、ここ行こう」

「ここ行こう？」

「ああ、ごめん。ここ、買おう」

桜木さんの言葉を聞き、私は驚いた。まるで洋服を選ぶように「買おう」って言うけれど、そんな軽々しく買おうと言えるような価格ではない。

私は手元の物件データを見た。築二十二年、最寄りは東京メトロ日比谷線の神谷町《かみやちょう》駅と都営三田線の御成門《おなりもん》駅の二駅利用可で、どちらも徒歩五分以内だ。つまり、都心地区の巨大ターミナルにはどこも三十分以内に到着できる、極めて交通の便がよい高級地である。

私が今日見た限りでは、管理体制はしっかりしていた。清掃の行き届いたマンションエントランスには壁面間接照明が使われ、観葉植物が飾られており、二十四時間の有人受付体制。

見るからに高級そうという言葉がぴったりのこのマンションは、今日来るときに桜木さんから聞いた話から判断すると、『値崩れしにくいマンション』だ。でも、値崩れしにくいと言うだけあって、価格はかなりのものだった。私の年収何年分ですか？ っていう価格。

「ここ、売り主さんに事情があって売り急いでいるみたいなんだ。俺の感覚的には安いと思う。早く決めないと売れちゃうから」

桜木さんはすぐに売り主さんの仲介業者と話を始めた。唖然として見守る私の横で、そのマンションはあれよあれよという間にイマディール不動産でお買い上げの手筈《てはず》となったのだった。

＊　＊　＊

全てが終わったとき、私は両腕を上に伸ばしてうーんと伸びをした。

「藤堂さん、疲れた？　お疲れさん」

「桜木さんもお疲れさまです。あの価格のマンションをあんなにあっさり決めちゃうなんて、びっくりしました」

「ははっ。不動産は結婚と一緒だから。これだと思ったらすぐに決めないと」

桜木さんは切れ長の目を細めて楽しそうに笑った。〝不動産は結婚と一緒ですぐに決めないと〟、か。そういう話はよく聞くけど、どちらも私には縁がなさすぎて実感が湧かない。

「桜木さんは不動産同様に、結婚もすぐに決められる人ですか？」

「そうだといいんだけどねー。そうだったら、もう結婚しているでしょ」

桜木さんは肩を竦《すく》める。確かに、桜木さんは独身だ。以前、綾乃さんと同じ歳と聞いた気がする。ということは、三十二歳だ。世間一般的には結婚していてもおかしくない年齢ではある。

「結婚しないんですか?」

「残念ながら、今は相手がいない」

「へぇ、意外。モテそうなのに」

「それ、誉め言葉だよね?」

目を丸くする私に、桜木さんは器用に片眉を上げて見せた。

「もちろん、誉め言葉です!」

「ありがと」

桜木さんがはにかむ。

「もう五時だけど、ちょっと歩いて街散策マップのネタ集めする? 疲れたなら直帰でもいいけど……」

桜木さんは腕時計を確認してから、私の顔を見た。

「行きます!」

私はさっきまでの疲れも忘れて勢いよく返事をした。最近は雨ばかりだったけれど、今日は珍しく晴れている。絶好の散策日和だ。桜木さんはそんな私を見てクスクスと笑った。

「じゃあ、行こう。ここだと、やっぱり東京タワーは外せないかな」

「ですね！」

私達は並んで東京タワーを目指して歩き始めた。私はその赤と白の構造物を眺めながら、ふと思い付いた疑問を桜木さんに聞いた。

「東京タワーが見えると、やっぱり物件価格は上がるんですか？」

「そうだね。多少プラスにはなる」

「へえ！　じゃあ、もっと背の高い、東京スカイツリーが見えるとすごく値が上がるんですか？」

「残念ながら、そういうわけでもない」

桜木さんが首を振る。

「今のところは東京タワーと東京スカイツリーなら、東京タワーの方が物件価格にプラスになるね。まあ、大した差じゃないけど。これはあくまでも俺の推測だけど……」

桜木さんが一旦、言葉を切る。

「多分、東京スカイツリーはデカすぎるんだな。見える範囲が広すぎて、プレミア感が東京タワーより劣る。でも、将来的には変わるかもしれないけどね」

説明する桜木さんを見上げて、私は目を瞬《しばた》いた。大きすぎることがマイナスになるとは、なんとも不動産価値は難しい。

二人で並んで歩くこと五分。目立つので迷子にもなりようがなく、私達は目的の東京タワーの麓まで到着した。最後はアスファルトで舗装された坂道を上ると、入り口が見えてくる。

「せっかくだから展望台まで上ってみる？」

「はい」

桜木さんに誘われて、私は頷いた。

私達は正面チケットエントランスに向かい案内板を見た。展望台は二つあり、上のトップデッキと下のメインデッキに分かれていた。上の展望台に行くにはツアーを予約しなければならず、お値段も下の展望台の三倍近くする。

ツアー時間がそれなりにかかると聞き、私達は泣く泣く下の展望台までのチケットを購入した。案内に出ている上の展望台はキラキラした内装をしており、とても素敵な演出をしてくれるらしい。それに、今日初めて知ったのだけど、東京タワーには色々と付帯施設もあるらしい。こちらも時間がないので行けないけれど、家から近いし今度リベンジしたいなと思った。

下の展望台からでも、周辺の景色はとてもよく見えた。ビルの林がどこまでも広がっている。西の方には富士山が見えた。

「東京タワーの下の辺りって、緑が広がっていますよね。あれはなんなんでしょう？」

東京湾の方角を見た時、私は東京タワーの麓に緑が広がっているのを見つけた。下を覗き込むと、緑の中にはいくつか建物もあるようで、その敷地はとても広いように見えた。

「ここに地図があるよ。えっと、芝公園《しばこうえん》と増上寺《ぞうじょうじ》かな？」

桜木さんは展望台に設置されていた案内板を見ながら呟いた。確かに、『芝公園』『増上寺』と書いてある。

すぐにスマホを取り出し、芝公園と増上寺について調べてみる。私が見たサイトには芝公園は増上寺を中心とする公園で、上野公園と並ぶほど古い歴史があると書かれていた。同一区画の中にホテルまであるらしい。

「おっきな公園ですねー」

「本当だね。降りたら歩いてみる？」

「いいですね！」

私達はもう一度ぐるりと展望台を一周して都心の街並みを堪能してから、その場を後にした。最後に見た景色は、夕焼けに空が染まってとてもロマンチックだ。こんなところ、デートで来たら楽しいだろうな。

エレベーターを降りると、そこは飲食店とお土産売り場のフロアになっていた。私はたまたま目についた、東京タワーを模したプラスチックケースに入った金平糖を購入した。

「甘いの好きなの？」

「甘すぎなければ。可愛いからオフィスの机の上に置いておいて、お腹が空いたら食べようかなと」

「確かに可愛いね」

桜木さんはそのお菓子を見て、クスリと笑った。

芝公園は本当に大きかった。

花壇や広場、子供向け遊具などがあり、仕事終わりの休憩なのか、ベンチにはスーツ姿のサラリーマンがちらほらと見えた。

段々と日が暮れる。それに合わせるように、東京タワーはライトアップされる。赤と白の躯体がライトアップされた東京タワーは、色合いに温かみがあって、どれだけ見ていても飽きない。

「綺麗ですね」

「そうだね。いまスマホで調べたら、すぐ近くに東京タワーがよく見えるって人気のレストランがあるみたいだから行ってみない？」

隣でスマホを弄《いじ》っていた桜木さんが私に視線を向ける。そこまで言って、桜木さんはハッとしたような顔をした。

「ごめん。軽々しく誘ったけど、男と二人で食事すると彼氏さんが機嫌を損ねるよね」

「いいえ！　私、彼氏いないですから」

私があっけらかんと答えると、桜木さんはホッとしたような表情になった。

「よかった。あ、いや、藤堂さん的にはよくはないか」

自分の言葉を慌てたように否定する。バツが悪そうな表情は、なんだか仕事モードの桜木さんでは見られない一面だ。

「とにかく、藤堂さんがよかったら、夕飯食べに行かない？」

「行きます！」

どうせ家に帰っても、部屋で寂しく一人ご飯だ。私は喜んでそのお誘いに頷いた。

桜木さんがスマホを確認しながら連れて行ってくれたレストランは東京タワーのすぐ麓にあってライトアップされた様子が間近で見える、創作料理のレストランだった。けれど、飛び入りで入店したのでテラス席と窓際はすでに予約で満席だった。

「あー、ごめん。窓際がよかったよね……」

席に座ると、桜木さんは私を見て苦笑いした。

「いえ、大丈夫です。ほら、見えるし！」

私は少し離れたところにある窓を指さす。そこからは東京タワーの胴体部分が見えた。残念ながら、ここの席からだと全体は見えない。

「そう言ってもらえてよかった。とにかく、お疲れさま」

桜木さんがグラスを傾ける。私は軽くカツンとグラスをぶつけた。

素敵な夜景に美味しい料理、それはとても楽しい時間だった。

＊＊＊

夜、家でパソコンを触っていた私はふと今朝のことを思い出して『宅地建物取引士』のことを調べた。

国家資格なので、やはりそう簡単ではなさそうだ。更に調べてみると、今年の試験は十月にあるようだ。今は五月だから、あと五ヶ月。検索して一緒に出てきた資格学校の講座は、まるで私が今日調べることを知っていたかのように、ちょうど六月開校になっている。受講料を確認すると、それなりの値段だ。安くはない。

「どうしようかな……」

私はパソコンの画面を眺め、独りごちる。

脳裏には、テキパキと仕事をこなしてゆく桜木さんの姿が浮かんだ。この資格をとったからといってすぐに桜木さんみたいにバリバリ働けるようになるとは思わないけれど、私も少しは近づけるだろうか。

「通信教育のお金も受かれば戻ってくるって言っていたよね……」

私は少し迷ってから、マウスをポチッとクリックした。

私は今、桜木さんに同席して件《くだん》の神谷町の物件リノベーションについての打ち合わせに参加している。

桜木さんは会議室のデスクの上に置かれた図面と色々なサンプル画像を見比べながら、社長と上司の板沢さんに熱弁をふるっていた。

今回手掛けるマンションは専有面積が六十平方メートル。これは2ＬＤＫにするのが一般的な広さだけれども、桜木さんが出した結論は1ＬＤＫ＋ＷＩＣ、つまり広めの1ＬＤＫに大容量のウォークインクローゼットが付いた間取りだった。

「あの場所であのグレード、この広さのマンションだと、購入層は富裕層の単身者か共働きで子供がいない夫婦、もしくは投資目的の資産家です。子供がいる家庭にはこの広さはやや狭いですからね。となると、高級感を出した方がいい。高収入の人達の購買意欲をくすぐるような、ハイグレード物件です」

桜木さんの説明を、社長と板沢さんは真剣な顔をして聞いていた。

ハイグレードな内装を施すには、当然、リノベーションにかかる費用も高くつく。万が一にも売れずに値引きすることにでもなったら、会社に与える損害も計り知れない。

都心のマンション購買層の分析結果などを見比べながら、桜木さんの説明は三十分以上も続いた。

「あー、緊張した」

社長と板沢さんが会議室を出た後、桜木さんはデスクの上に両手を伸ばし、ホッとした表情をした。私はそれが意外に思えた。

「桜木さんでも緊張するんですね？」

「そりゃあ、そうだよ」

桜木さんは苦笑する。

私からすると、桜木さんは自信満々に提案しているように見えたけど、実際は違うという。彼なりに色々と悩んでプレゼンの方法を考えているようだ。

先ほどの熱弁のかいがあって、社長は最終的にゴーサインを出した。頬杖をついてデスクの上に置かれた間取り図を眺めていた桜木さんは、しばらくすると私の方を向き、ニヤリとした。

「藤堂さん。社長の許可も出たから、今からリノベーションの内容を考えるんだけど、一緒にやろうか」

「リノベーションの内容？　はい、やりたいです！」

「よし。じゃあ始めよう」

桜木さんは立ち上がるとすぐ近くの戸棚を開け、中からカタログと見本帳のようなものを取り出した。

まるで辞書のように分厚いそれは、開いてみると壁紙のサンプル集だった。白系の壁だけでもこんなにも種類があるということを、私は今日の今日まで知らなかった。

その後も桜木さんは次々にカタログを持ち込んでくる。

「基本的にはデザイナーさんと考えるんだけど、話し合う前に、こちらもどんなイメージのリノベーションをしたいのかを考えておかないと、話の収拾がつかなくなる。今回、ターゲット層はそれなりに収入のある単身者もしくは夫婦だから、俺はかっこいい感じがいいと思ったんだけど。藤堂さんはどう思う？」

「かっこいい感じ？」

「うん。例えばこんな感じ」

桜木さんは雑誌のを捲《めく》り始め、とあるページを開いて私の前に差し出した。そこには、白と黒と銀の金属色が目を惹く、クールでスタイリッシュな雰囲気の部屋が載っていた。

確かにこれはかっこいい。

「カントリー風とか、シンプルモダンとか、リゾート風とか、色々あるんだけど、最初にイメージを固めた方が細部までこだわれるだろ？　特に効いてくるのが水回り。玄関と水回りがお洒落《しゃれ》だと、内覧したお客様へ与える印象が全く違う。水回りと玄関は絶対に手を抜いちゃダメだ」

桜木さんが次に開いたページには洗面所の写真が掲載されていた。確かに、洗面所がお洒落なだけでぐっと高級感が増す。これには目から鱗《うろこ》だった。

例えばお風呂に関しても、ただのクリーム色のよくあるユニットバスを、一面だけを濃い木目調のタイプにしたり、シャワーのフックを金属のスライド式にするだけで、全く違うものに見えた。それらの冊子を眺めていると、桜木さんは業務用のタブレットを弄り始めた。

「藤堂さん。会社のタブレットにこのマークあるでしょ」

「はい」

桜木さんはタブレットに並んだいくつかのアイコンのうちの一つを指さす。

「これ、リフォームのシミュレーションアプリなんだ。撮ってきた写真に壁紙なんかを合成できる。完成図と全く同じにはできないけど、イメージは摑《つか》みやすくなるから覚えておくといいよ」

桜木さんが先日撮影してきた写真をそのアプリに入れると、壁紙の変更や、フローリングの変更が一瞬でできた。

「わあ、お洒落ですね！」

私は思わず笑みをこぼした。

備え付けのクローゼットの柄は木目調にしたいとか、こんな風にリノベーションしたら素敵じゃないだろうかと考えるのは、思った以上に楽しい。玄関から廊下にかけては本物の石タイルを使いたいとか、キッチンの作業台は御影石調にしたいとか。

もちろん、デザイナーさんと話せば変更は入るし、内装工事会社の見積額によっては削るところも出るだろう。でも、その作業は私にとって、とても楽しかった。

「同じ不動産会社なのに、全然違うなぁ」

「え？」

思わず漏らした独り言に、桜木さんが怪訝《けげん》な顔をする。私は慌てて胸の前で両手を振った。

「あ、なんでもないんです。ただ、前にいた不動産会社とは仕事の内容が違いすぎて」

「前の不動産会社と仕事内容が違って、がっかりした？」

「いいえ！　すっごく楽しいです‼」

「そりゃあ、よかった」

目を輝かせる私を見て、桜木さんはクスクスと楽しそうに笑う。

前の会社で、私は賃貸住宅の仲介窓口をしていた。お客様が選んだ住宅にご案内して、気に入ってもらったら仮契約の手続きへ。毎日それの繰り返し。

もしあの時に桜木さんみたいにお客様のニーズを深く探るよう努力していたら、もっとよい接客になっていたのかもしれないと感じた。

＊　＊　＊

自席に戻ると、前の席に座る尾根川さんがホクホクの笑顔だった。いつも人当たりのよい笑みを浮かべている尾根川さんだけれども、今日は特に嬉しそうだ。

「尾根川さん、機嫌いいですね？」

「まあね。栗川《くりかわ》さんの物件が今日成約したんだ」

尾根川さんはにこにこしながらそう言った。『栗川さん』というのは、確かイマディール不動産の神様的なお客様だと以前に綾乃さんに教えられた。

「へえ。よかったですね」

「うん、ありがとう」

ニッと笑う尾根川さんの頰にえくぼができた。なんか、可愛い。新発見だ。この喜びようは、かなりの高額物件だったのかもしれない。

「今日、成約祝いに飲みに行こうか?」

隣に座るお酒が好きな綾乃さんは、飲み会開催のいい理由ができたとばかりに早速お店の検索を始めた。

「新井《あらい》、こんな急に飲み会って、旦那は放っておいていいのかよ?」

「今日は旦那も夜付きだって言っていたから大丈夫!」

呆《あき》れた様子の桜木さんに、綾乃さんはあっけらかんとした様子で答える。営業チーム全体に明るい雰囲気が漂った。

「藤堂さんも、もう少ししたらぼちぼち一人で営業担当してもらうから、そのつもりでね」

少し離れたところに座る上司の板沢さんが、私を見て意味ありげに口角を上げる。

一人で営業担当。いつまでも桜木さんにおんぶに抱っこ状態でいるわけにはいかないけれど、やっぱり緊張する。私にできるだろうか？　でも、やるしかない。

「はい、頑張ります！」

私は片手をおでこの上にビシッと当てて、敬礼のようなポーズをとる。そんな私を見て、営業チームの面々は楽しそうに笑った。


六月も末のある休日、私は朝から今月始まったばかりの宅建試験の通信講座に取り組んでいた。

ローテーブルに置かれたパソコン画面のなかでは、黒縁眼鏡《めがね》をかけた中年の先生が黒板をコツコツ叩きながら授業をしている。私はそれに向かって座り、テキストに先生が説明したことを時々走り書きしながら聞いていた。

しかし、情けないことに一時間を過ぎた頃には私はすっかり飽きていた。大真面目に取り組んでいるつもりなのに、おかしい。不思議なことに、しっかり寝たのにすぐに眠くなる。時計を確認すると、まだ午前十一時だった。

「我ながら、集中力のなさが情けない……」

私はローテーブルに額をついてがっくりと項垂《うなだ》れた。でも、飽きてしまったものをイライラしながら勉強しても効率悪いし……。

数秒の逡巡《しゅんじゅん》ののち、私は少し早いけれどお昼ご飯にすることにした。一昨日、作った煮物を小分けに冷凍したことを思い出し、冷凍庫から取り出すとレンジに入れる。お米も冷凍していたので一緒に温め直した。

「うん。美味しい」

私は食事を前に、独りごちる。だいぶ慣れてはきたけれど、一人の食事はやっぱりちょっと寂しい。

私の趣味は料理だった。『だった』と言うのは語弊《ごへい》があるかもしれない。今も好きだ。だけど、女の一人暮らしで料理をしても、どうしても材料が余る。逆に余らないように作ると食べきれず、何日も同じメニューを食べる羽目になる。黙々と食事を終えた私は「ごちそうさまでした」と両手を合わせると皿を流しに持っていった。皿洗いしながら窓の外を見ると、今日はとてもよく晴れている。

この時期になると、梅雨も本格的だ。毎日のように雨ばかりだから、こんな爽《さわ》やかな晴れは珍しい。気分転換も兼ねて、私は出かけることにした。

「どこに行こうかな……」

マンションの前で、私は辺りを見渡した。

私の住むマンションは、広尾、恵比寿《えびす》、白金台《しろかねだい》という都心の人気地区の三駅のちょうど中心辺りに位置している。三駅はどれも距離にすると、ここから一キロちょっとだ。会社が広尾にあるので広尾方面に行くことは多いけれど、他の二つの駅の方面には殆ど行ったことがなかった。

少し迷って、私は一昔前に『シロガネーゼ』と呼ばれる高級マダムが過ごす街として名を馳《は》せた、白金台の方向にお散歩することにした。

白金台駅に向かうには、マンションを出て外苑西通りを南下する必要がある。途中で道路と交差する首都高速道路の高架をくぐると、大通りの両側には銀杏《いちょう》の並木が現れた。

ここから白金台駅までの区間、外苑西通りは通称『プラチナ通り』とも呼ばれる。お洒落スポットとして有名だけれど、実際に私が訪れるのはこれが初めてだった。

緩やかなカーブを描く坂道を登ると、道の両側にはぽつぽつと店舗が現れ始める。軒を連ねるのは、スーパーマーケットやアパレルショップ、チョコレートなどのスイーツショップ。それらは全て路面店なので大通りから中の様子がよく見えて、お洒落だけれども入りやすい雰囲気だ。同じ商店街になるのだろうが、道路が広いせいか、広尾商店街とはだいぶ雰囲気が違って見えた。

途中、スーツ姿やドレス姿の若い人達が歩道に溢《あふ》れているのを見つけた。目をやれば、通り沿いのレストランでは結婚パーティーを行っていた。そういえば、今は六月だからジューンブライドだ。

ランチタイムに合わせてパーティーを開催したのか、ちょうど終わったばかりのようで新郎新婦が出口でミニギフトを手渡しながら来賓の方々をお見送りしている。寄り添う新郎新婦は満面の笑みを浮かべており、とても幸せそうだ。

「いいなぁ。お幸せに」

純白のウエディングドレスを着て微笑む花嫁は、幸せの象徴のように見えた。たぶん、年齢は私と同じくらい。私は小さな声で祝辞を述べ、その場を通り過ぎる。

その後も通り沿いにはお洒落で美味しそうなレストランや、可愛い雑貨屋さんが続き、私は時々中を覗いたりしながらのんびりと歩いた。

プラチナ通りは、終点で目黒《めぐろ》通りにぶつかる。白金台駅はすぐそこで、目黒通りを東に向かえば白金高輪《しろかねたかなわ》駅、西に向かえば目黒駅だ。どちらも、歩いても十五分くらいで着く距離にある。

目黒駅方面は首都高速道路越しに駅前のビルとタワーマンションが見え、白金高輪駅方面は途中から下り坂になっているせいで遠くまで確認できない。

どちらに向かうか少し迷い、私はスマホを取り出して地図を確認した。

地図上で今いる場所のすぐ近くに『国立科学博物館附属自然教育園』『東京都庭園美術館』という文字を見つけ、私はそこに向かうことにした。

プラチナ通りから目黒通りを西に曲がり、歩くこと五分。目的地にはすぐに辿り着いた。地図上では同じ緑色の上に二つの文字が並んでいたので勘違いしていたが、『国立科学博物館附属自然教育園』と『東京都庭園美術館』は全く別の施設だった。二つの施設が、隣接して存在しているのだ。

「どっちにしようかなぁ」

数十メートル離れた二つの施設の入り口を往復すること数回、どちらに入るか散々悩み、結局私が選んだのは『東京都庭園美術館』だ。受付で見学したいと告げると、眼鏡をかけた女性が代金と引き換えにチケットをくれた。

入ってみると、まず目に入ったのはアスファルトの大きな道。それを更に進むと、白亜の西洋風建築物があった。この中では特別展示をしているようだが、料金が別なので私はチケットを買わなかった。

白亜の建物を右手に見つつ更に道を進むと、そこには大きな彫刻などのアート作品が並ぶ芝生の広場が広がっていた。庭園美術館と言うくらいなので、庭園の中も美術館になっているようだ。

案内板を確認すると、庭園美術館の中は西洋庭園と日本庭園の二つの区画に分かれていた。

それぞれがテーマに合わせて趣向を凝らしており、例えば日本庭園では茶室があったり、小さな橋があったり。途中で立ち止まり、広い池を眺めると、紅葉の枝葉が池にせり出す様がまるで絵葉書のように美しく見えた。

たまたまなのか、そこからは周囲のビルも見えず、まるで大自然の中に設《しつら》えられた美しい庭園にいるかのような錯覚に陥る。

日本庭園の池沿いを壮年の夫婦が仲良く散歩しているのをしばらく眺めながら、私は耳を澄ました。いつもの車の音ではなく、鳥の囀《さえず》りが心地よく響く。

以前は、私の中で都心はコンクリートジャングルの印象しかなかった。けれど、実際に住んでみると思っていた以上に緑が美しい場所は多い。

一通り見学を終えた私は、途中にあったスーパーマーケットに寄って夕食のおかずを買った。そして、またプラチナ通りをぷらぷらと歩き、自宅へと向かう。

やっぱり自炊すると一人暮らしには量が多すぎるけれど、今日は色々な料理で活用できるミートソースを作った。ミートグラタンにミートスパゲッティ、炒め物に混ぜたり、サンドウィッチにしたり。しばらくは色々なアレンジ料理が楽しめそうだ。

夕食後は、またパソコンに向かって放りっぱなしだった宅建の勉強をした。気分転換したお陰か、今度は飽きずに目標のところまでテキストを進めることができた。

思った以上に満足度の高い散歩になったから、またあの辺には行ってみたい。その時は、今日行けなかった自然教育園に行ってみようと思った。

先日、尾根川さんが担当していて契約が決まった超高額物件が無事に新しいオーナーさんに引き渡された。販売価格一億四〇〇〇万円というこの超高級マンションの新しいオーナーさんは、投資目的の外国人の方だという。

イマディール不動産のお客様は、自分が住むための物件を探す方がもちろん多いけれど、それと同じくらい多いのが投資目的で購入する方だ。

そういう投資目的の富裕層を更にイマディール不動産の購入者に引き込むため、我が社も新しい取り組みの立ち上げをすることになった。桜木さんが社長に掛け合って実現と相成ったそれは、ずばり、バーチャル内覧だ。

バーチャル内覧とは、インターネット上に動画を掲載し、まるで本当に自分で内覧をしているような体験が味わえるようにしたサービスのことを指す。会社によってはウェアラブル機器を装着し、4Dのバーチャルリアリティ体験ができるようだが、イマディール不動産では流石《さすが》にそこまではやらない。あくまでwebページ上のサービスになる。

しかし、それでも室内外をくまなく動画で撮影し、見たい場所を拡大できるようにはする。都内物件を中心に取り扱うイマディール不動産なので、これにより超高額物件購入者を都外からも取り込む作戦だ。

通常、このバーチャル内覧のための撮影や画像作成は専用ソフトを購入して自力でやる方法と、プロの業者さんにお願いする方法がある。私達は初めてということもあり、プロの業者さんにお願いした。

この場合、撮影は業者さんが行うが、発注者側も撮影に立ち合う。場所毎《ごと》に色々なコメントを入れたり、例えば、ここのクローゼットは開けたところまで撮影してくださいとか、細かい指示を行うためだ。

今日は、そのバーチャル内覧のための撮影をするため、私は桜木さんと一緒に立ち合いにやってきた。

「こんにちは。よろしくお願いします」

「こちらこそよろしくお願いします」

マンション前で待ち合わせした大きな荷物を抱える業者さんと挨拶をすると、早速マンションの中に入る。あの大きな荷物が撮影機材なのだろう。

業者さんはもう何ヶ所もバーチャル内覧の撮影を手掛けたことがあるようで、テキパキと設営と準備を行うとあっという間に撮影を始めた。

「なんか、凄く速いですね」

「だね。お金はかかるけど、プロに頼んでよかった。これを初めから自分達でやろうと思ったら、一日がかりだ。そもそも俺、編集できないし」

あまりの素早さに呆気《あっけ》にとられる私に、桜木さんも頷いた。うまく撮影できるかとどきどきしていた私の胸の内などいざ知らず、イマディール不動産初のバーチャル内覧用の撮影は、設営から撤収まで、ものの一時間もかからずに終わったのだった。

編集に関しては、ほぼ完全に業者さんにお任せすることができる。しかし、細かい部分は発注者側の確認作業が入る。

一週間ほどすると、まず撮影された映像が初校として業者さんから届く。それを桜木さんと二人で確認し、ここはもっと寄りの映像を残そうとか、ここのこの映像はいらないから別に画像だけ入れようとか、ここでこんなコメントを挿入しようと決めてゆく。

　そのフィードバックをまた業者さんにメールで戻し、一週間ほどでそれらを反映させた第二校がくる。それを私達はまた確認して、最後は業者さんと打ち合わせしながら修正する。

　そんなやり取りを経て、イマディール不動産の最初のバーチャル内覧映像は完成したのだった。

「へえ、凄い！　こんなに細かく確認できるんだ」

「本当だ。凄い」

　完成して実際にホームページにはめ込まれた映像を見て、イマディール不動産の営業チームメンバーは大盛り上がりだった。

「キッチン回りは結構細かいところも入れたんだね」

「はい。料理する人は見たいかなと思って」

　隣の席で映像を確認していた綾乃さんに聞かれ、私は少しだけ微笑んで頷いた。今回の物件は八十五平方メートルの３ＬＤＫ。購入者は恐らくファミリーだ。子供のいるファミリー層なら、きっと料理をする。だから、キッチン回りをしっかり見たいはずだと思ったのだ。

「営業チームメンバーの評判は上々だけど……。新しいお客様、来てくれるといいね」

「そうですね。それなりにお金がかかったし、効果があるといいですね」

私と桜木さんは目を合わせて小声で囁《ささや》きあった。そう、このバーチャル内覧の撮影にはいくらかの費用がかかった。効果がないと、困ってしまうのだ。最悪、バーチャル内覧はこの一件でお終《しま》いになる可能性だってある。

＊　＊　＊

バーチャル内覧の映像を公開し始めてから三週間ほどしたある日、お客様をご案内しに行った尾根川さんに「藤堂さん！」と声を掛けられた。

「今日、例の物件にお客様をご案内して来たのだけど、即決だったよ。事前にあの映像見て、いいと思ってくれていたみたい」

「本当ですか？」

「うん。海外赴任から戻ってくるお客様で、あれがあったおかげで離れた場所でもイメージができて凄く助かったって言っていたよ。藤堂さんの指示で、キッチン回りとか風呂回りもかなり細かく映像を載せたんでしょ？　奥さんの方が褒めていたよ。『ありがとうございました』って」

「よかったー！」

イマディール不動産に入って、私がお客様に感謝されるのは初めての経験だった。前の会社でも、『窓口の方が親切でした』という声が届いたことはあった。けれど、今回のように自分の仕事の結果でき上がった成果物を誰かに褒められたことは、初めてだ。まさに、社会人になってから初体験なのである。

やったぁ！　と、私の中で達成感のようなものが生まれる。今まで感じたことがないような、目の前の山を登り切ったような、或《ある》いは難しい数学の問題を解ききったような、なんとも言えない満足感。

「やったじゃん」

後ろからポンと肩を叩かれ、斜め後ろを見上げると桜木さんがこちらを見下ろしていた。私と目が合うと、桜木さんがにんまりと笑う。

「ありがとうございます！」

私もなんだかとても嬉しくなって、顔がにやける。

「今日、二人の初バーチャル内覧成果祝いで飲みに行こうよ」

隣に座る綾乃さんは早速飲み会の計画を練り始めた。

「お前、飲んでばっかだな」

呆れたように桜木さんが綾乃さんを見る。綾乃さんはあっけらかんと「いいじゃん。桜木も主役の一人なんだから、行くでしょ？」と言った。

「まぁ、行くけど」

桜木さんがボソリと言うと、チームメンバーからどっと笑いが起きた。

私は今まで、仕事はお金のためにするものだと思っていた。生活するために仕方がなく仕事をしていたのだ。けれど、初めて仕事の成果を誰かに褒められた体験は想像以上に甘美な味がした。

自分で考えて取り組んだことが、誰かのためになる。また誰かに喜んでもらいたくて、もっと頑張りたいと思った。純粋に思ったのは『仕事が楽しい』ということだ。

――私、この会社に入ってよかったな。

自然にそう思えて、私は口元を綻ばせた。


七月も半ばになり、暖かいというよりは灼熱《しゃくねつ》に近くなってきた今日この頃。私は一人、カフェで時間を潰していた。

プラチナ通り沿いのカフェの前からは、おめかしして通りを歩く人達の姿がよく見える。私はお洒落なグラスに注《つ》がれたアイスカフェラテを飲みながら、道行く人達をぼんやりと眺めていた。

「美雪、ごめーん」

カフェの扉が開き、熱風と共に入ってきた真理子《まりこ》が私を見つけて手を振る。私も真理子に向かって、片手を挙げて見せた。

「終わったらすぐ出てこられると思っていたんだけど、意外と時間取られてさぁ」

真理子は遅れた理由をぼやきながら、私の前の席へと腰掛けた。パーティードレスに合わせてセットされた髪の毛は緩い編み込みにされて可愛らしく結い上げられていた。

「全然気にしなくて平気。結婚式どうだった？」

「すっごい素敵だったよ。会場の八芳園《はっぽうえん》の庭園がすごく広くてさー、ああいうのいいね。ウエディングドレスに憧れていたのに、一気に和装派になった」

真理子は答えながら、引き出物の紙袋に手持ちのハンドバッグをまとめて一つにする。それを椅子の下にある籠に入れて、顔を上げた。

「緑《みどり》さん、とっても綺麗だったよ」

「そっかぁ。見たかったな」

「写真撮ったよ。ちょっと待ってね」

真理子は自分のスマホを鞄から取り出すと、画面をタップし始める。しばらくして、

「はい」と私にスマホを手渡した。

私は画面を見た。

液晶画面には、色打ち掛け姿の女性と、紋付き袴を着た男性が映っていた。赤い色打ち掛けには全体的に刺繍が施されているのか、とても豪華だ。こちらを見つめて微笑む二人はとても幸せそうに見える。

「ほんと。緑さん綺麗」

「ね。やっぱり花嫁姿は特別だよ」

私からスマホを受け取ると、真理子はふふっと笑った。

今日、前の会社の同僚の結婚式があったらしい。緑さんは私と一緒に賃貸物件をお客様にご案内する窓口業務をしていた。私はもう辞めてしまったのでその結婚式に招待はされなかったが、小さな会社だったので社員の半分以上が招待されたという。

「幸せのお裾分けだね。元気になった」

「だね」

「美雪が辞めてさ、新しい子が一人入ってきたんだけど、窓口業務中も竹井《たけい》さんとずっと二人で喋ってるの。だから、みんな私と緑さんが対応しててさー。注意しても、『分かりましたー』って言って、結局喋ってるんだよ」

運ばれてきた自家製レモンスカッシュをストローでかき混ぜながら、真理子は少し口を尖らせた。ちなみに、真理子の言う『竹井さん』とは、私から英二を奪った後輩のことだ。私が前の会社を辞めてまだ四ヶ月程度しか経っていないけれど、社内はだいぶ雰囲気が変わったのかもしれない。

真理子はその後も、会社の話を沢山してくれた。

「もうそろそろ行かないとかな？　ここって遠い？」

一時間くらい話しただろうか。真理子は鞄から一枚の紙を取り出すと、それを私に差し出した。紙にはレストランの名前と地図、受付時間などが書かれている。これから結婚式の二次会のある場所のようだ。偶然だが、その店は以前、私が白金台を散歩したときに結婚式パーティーをしているのを見かけたカフェ　ラ・ボエム白金だった。

「すぐ近くだよ。帰り道だし、店の前まで一緒に行くよ」

「本当？」

「うん。真理子ともっと話したいし」

「ありがとう」

少しはにかんだ真理子は、手に持った大きな紙袋を怨めしげに見つめた。

「あーあ。こんな格好じゃなくて、荷物もなければ美雪のうちに泊まるんだけどな」

不満げな真理子を見て、私は苦笑した。真理子には今日の二次会が終わった後、うちに泊まりに来ないかと誘った。明日は日曜日だし、積もる話も沢山ある。だけど、格好がパーティードレスだし、荷物が多いし、ということで泣く泣くお泊まりはなしになった。

「またいつでも来てよ」

「うん、絶対行くね！」

真理子は嬉しそうににこっと笑った。

プラチナ通りを青山方面に少しだけ歩くと、目的のレストランにはすぐ着いた。入り口にはウェルカムボードが飾られて、すでに何人かパーティードレスやスーツを着た男女が集まり始めていた。

「あれぇ？　藤堂さん⁇」

聞き覚えのある甘ったるい声がして、私はピクリと肩を震わせた。視線を向けると、既に到着して店の前にいた女性の二人組が私を見ている。一人は私の知らない人だ。もう一人——私の名前を呼んだ後輩は、こちらを見てへらりと笑った。

「やだぁ、先輩！　元気でした？」

近づいてくるその人に、私は表情を強張らせた。

たっぷりとマスカラを塗った睫毛《まつげ》をバサバサさせながら二、三度瞬きすると、竹井さんはニンマリと笑った。

「もー、先輩！　突然辞めちゃったから心配していたんですよぉ？　今、どうしているんですかぁ？」

鼻にかかったような舌っ足らずな喋り方が耳に障る。私は引き攣《つ》った作り笑いを浮かべた。

「あの時は、ちょっと事情があって。今は別の会社に勤めているの」

「ふーん。今日はどうしてここに？」

竹井さんは右手の人差し指を口元に当てて、私の頭から足先までをジロジロと眺める。明らかに結婚式の二次会にはカジュアルすぎる服装に怪訝な顔をしていた。

「私、今この近くに住んでいるから」

「はぁ？　こんな都心に？」

「うん。会社が半額を家賃補助で出してくれるから、会社の近くに住んでいるの。ちよっと古いマンションだけど……」

「ああ」

『ちょっと古い』って言った辺りで竹井さんが鼻で笑う。少しバカにしたような、嫌な笑い方。この子、私のことを内心で見下しているんだなってことをありありと感じた。

その時、竹井さんの後方から現れた人物を見て、私はまた顔を強張らせた。

「美雪？　お前、会社辞めて、今何してんだよ？」

どこかで時間でも潰していたのか、竹井さんの後ろからひょっこりと現れたのは英《えい》二《じ》だった。結婚式用の白いネクタイを締めて黒のジャケットは腕に掛けていた。

「あ、英二。先輩はお仕事見つけて、今はこの辺に住んでいるんだってー。古いマンション」

竹井さんは甘えるように英二の腕に絡みつき、こちらを見つめた。見せつけるように腕を組み、わざわざ『古いマンション』って言う辺り、本当になかなかいい性格をしていらっしゃる。

「そうなの？　お前、新しい仕事見つかったのか？」

それを聞いた英二はぱっと顔を明るくして私を見た。心から喜んでいるような表情に、私は少し毒気を抜かれた。

「うん。また不動産屋さんなの。前よりももっと小さな会社だけど、いいところだよ」

「そうか、よかったな」

「うん」

英二はにこにこしながら私を見下ろしたので、私も頰を緩めた。

「いや、お前さぁ、俺と別れた直後に仕事辞めただろ？　すげー後味わりぃからさ、仕事見つかったならよかったよ。これでニートにでもなられて俺のせいだって言われたら、最悪だしな」

ホッとしたように英二が笑う。

私は頭から冷水を浴びせられたような気分だった。

この人は、一体何を言っているのだろう？

英二があの時仕事辞めるなと止めてくれたのも、私が新しい仕事を見つけてこうして喜んでいるのも、たぶん、全部自分のためなんだ。私のことを心配なんて全くしていなくて、自分が後味悪い気分を味わいたくないからだったんだ。

そう察したとき、私は言いようのない虚無感に襲われた。

「うちよりももっと小さい不動産屋って、大丈夫なんですかぁ？　突然潰れたりしそう」

竹井さんが小首を傾げて心配そうにそう言った。いかにも私が心配ってふりをして。こっちを見る目は私を小馬鹿にしてて。

「ちょっと、あんた達――」

見かねた真理子が何かを言おうと口を挟んだとき、私は後ろから「藤堂さん！」と呼びかける声で振り返った。

そこにはランニングウェアを着た桜木さんがいた。


桜木さんは何も言えずに固まる私に近づき、にこりと微笑んだ。

「待たせてごめんね。帰ろっか」

右手首を取られ、連れ出される。突然現れた第三者に、後輩も英二も真理子も呆気にとられていた。もちろん、私も。

「え？　お前もう新しい男がいるの？」

小さく呟く英二を桜木さんは一睨《にら》みすると、私の手首を引いたまま、無言でスタスタと歩き始めた。

「さ、桜木さん」

呼びかけても桜木さんは立ち止まらない。力強く握られた手に引かれるがままに、私は桜木さんの後を追った。

どれくらい歩いただろう。多分、時間にしたら五分もない。けれど、それは私にとって、とてつもなく長い時間に感じた。

「桜木さん！」

何回目かの呼びかけでやっとこちらを振り向いた桜木さんは、ようやく私の手首を放した。ものすごく不機嫌そうな顔をしている。

「ごめん。痛かった？」

「いえ……、大丈夫です」

私は無意識に自分の手首を触っていたけれど、特に痛みはなかった。桜木さんは「そっか」と呟いた。

「余計なお世話だったかもしれない」

「いえ……、助かりました。ありがとうございます」

桜木さんの言葉を聞き、私は咄嗟《とっさ》に俯《うつむ》いた。どこから聞いていたかは分からないけれど、きっと桜木さんは私とあの人達の会話を聞いていたんだ。私はぐっと唇を噛《か》み締めた。

「お見苦しいところをお目にかけました。英二は……元カレは前の会社の同僚で、後輩に寝取られるみたいな形で振られちゃって……」

「うん」

「私、バカなんです。腹いせに仕事を辞めたんです」

「腹いせ……」

「それで、イマディールに入社して……」

もう、色々と言葉にならなかった。本当に、私は大バカだ。抑えていたものが溢れ

出て、ボロボロと涙がこぼれ落ちる。桜木さんは辛抱強く、話を聞いてくれた。また
しても、沈黙が私達を包んだ。
「何があったのか、俺は当事者じゃないから完全には分からないけど……」
桜木さんは固い声でそう言って、眉を寄せた。
「でも、あれはないだろ。あの言い方は、同じ男としてどうかと思う。それに、隣に
いたあの子も、失礼だし……。だから、うーん……、うまく言えないけど、彼とは別
れて正解だと思うよ。少なくとも、先ほどの彼からは誠意が微塵も感じられなかった」
「はい……」
返事をする私の涙は止まらない。次から次へと止めどなく溢れ出てきた。桜木さん
はそんな私を見下ろして、困ったような顔をした。
「ごめんね。藤堂さんにとっては好きな男なのに、酷《ひど》いこと言って」
私は咄嗟に首をぶんぶんと振った。
英二を好きという気持ちは既にない。多分、引っ越しでマグカップを捨てた時に、
僅かに残っていた恋心も全部捨てた。
今私が泣いているのは、あんな人を二年以上も本気で好きで、しかも仕事を辞めて
まで繋《つな》ぎ止めようとした自分の愚かさが情けなくなったから。それに、私のために桜
木さんが怒ってくれて、嬉しかったから。
ずっと、自分に魅力がないから、とか、自分が悪かったから振られたって自分を責

めていた。だから、『別れて正解』と言ってもらえて、凄く気持ちが救われた。

「桜木さん、ありがとうございます」

「いや、俺は何もしてないよ」

桜木さんは、やっぱり困ったような顔をしたまま、少し顔を傾げた。

「こんなところで立ち話もなんだし、どっか飯でも食いに行く？」

私達が今いるのは、外苑西通りの歩道だ。確かに、通行人の目が若干気になる。私は小さく首を振った。

「行きたいけど、私こんな顔だし……」

きっと、今の私の顔は酷いことだろう。鼻水だらだらだし、涙腺決壊《るいせんけっかい》だし。

「ところで、なんで桜木さんはあそこにいたんですか？」

不思議に思った私は桜木さんを見上げた。

「俺の家、この近くなんだよ。藤堂さんのマンションから、白金北里通りを白金高輪駅方面に歩いた辺り。今は見ての通り、ランニング」

確かに、桜木さんはランニングウェアを着ている。白金北里通りとは、恵比寿駅から白金高輪駅を結ぶ通りの港区《みなと》に位置するエリアだ。通り沿いにある大学の名前から、そう呼ばれている。

桜木さんは喋りながら自分の格好を見下ろして、顔を上げると苦笑いした。

「よくよく考えると、俺、飯食いに行く格好じゃないいな。しかも、今気付いたけど財布持ってなかった」

　バツが悪そうに首の後ろをポリポリと掻《か》く桜木さんがちょっと可愛らしく見えて、私は噴き出した。

「じゃあ、飯はまた今度で……」

「桜木さん！　よかったら、うちに食べに来ませんか？」

　この時、私はふと思い付いて、気付いたときにはそう口走っていた。普段だったら、彼氏でもない人を自宅に誘ったりなんて、絶対にしない。たぶん、相当気持ちが弱っていたのだと思う。

「藤堂さんの家に？」

　桜木さんは驚いたように目をみはった。そこで、私は自分が口走った言葉の意味に気付いて慌てふためいた。

「あの、私、料理が趣味なんですけど、一人だとなかなか食べきれなくて。消費してくれる人がいたらいいのになぁと思って……」

　ああ、と桜木さんが納得したように小さく呟く。

「確か、前にも料理が好きって言っていたもんね。……でも、いいのかな？」

「いいに決まっています。私が誘ったのに」

「そっか。じゃあ、お言葉に甘えようかな」

　桜木さんは一旦言葉を切る。そして、私の顔を真顔で見つめた。

「藤堂さん。あんまり男を不用意に自宅に誘ったりしちゃ駄目だよ？　悪いやつもいるし……」

「はい、誘いません。桜木さんだからですよ」

「うーん。すごく信頼されているのは嬉しいけど、ちょっと複雑と言うか……。まぁ、いいや。行こっか」

桜木さんが、私にふわりと笑いかける。胸の奥に、なんとも言えないむず痒《がゆ》さを感じて、私は咄嗟に目を逸《そ》らした。

＊　＊　＊

その日の夕食は、なんの変哲もない生姜焼《しょうがや》きとサラダ、味噌汁とご飯だったけど、桜木さんは凄く喜んでくれた。

「本当に料理が得意なんだね。美味しい！」

「口に合ったなら、よかったです」

「すっごい美味しいよ」

久しぶりに作ったものが全部なくなり、冷蔵庫がすっきりとすると、気分も晴々とした。やっぱり、ご飯を作ったときに、それを『美味しい』って言って食べてくれる人がいるっていいな。

「藤堂さん、大丈夫？　だいぶ元気になってよかった」

帰り際、玄関で私を見下ろした桜木さんは少しだけホッとしたようにそう言った。

「大丈夫ですよ。桜木さんのおかげです」

「またまたそういうことを言う。じゃあ、戸締まりちゃんとしてね」

ドアが閉まるとき、照れたように桜木さんが笑うのが見えた。私はドアが閉まる隙間から、小さく手を振った。

何に一番救われたかって、桜木さんがあの二人に対して本気で怒ってくれたことだ。もしもそう伝えたら、桜木さんにはやっぱり冗談だと流されて、笑われてしまうだろうか。

真理子から『あのイケメン誰？　聞いてない！』と大量のラインが入っていたことに気付いたのは翌朝のこと。


イマディール不動産では、八月のお盆に一週間ほどの夏休みがある。そのため、七月も後半に入ると、夏休みも近いことからなんとなくオフィスは浮き立った雰囲気に包まれていた。

「藤堂さん。お盆入る前に、暑気払いするから来てね」

「暑気払い？」

「月末の金曜日に恵比寿ガーデンプレイスのビアホールで。ついでに有志でビール工場見学するよ」

「ビール工場？　あんな都心にビール工場があるんですか？」

私は目を丸くした。恵比寿ガーデンプレイスといえば、雑誌やテレビで見たお洒落なデートスポットのイメージしかない。あんなところにビール工場があるなんて、全然知らなかった。

驚く私に対し、綾乃さんは「違う、違う」と顔の前で手を振った。

「ごめん、正確にはビール工場見学じゃないかも。あそこって元々ビール工場があった跡地だから、その名残でビールについての見学ができる施設があるのよ。ついでだし、行かない？」

「行きます！」

私は一も二もなく、頷いた。実は私、こんなに近所に住んでいながら、恵比寿ガーデンプレイスには行ったことが一度もないのだ。

恵比寿ガーデンプレイスは、大型総合複合施設の再開発における先駆け的存在として、一九九四年に誕生した。広い再開発エリアの中には、オフィスビル、デパート、ホテルなどの商業施設、レストラン、住宅、美術館などがある。元々はビールの製造工場で、恵比寿駅もビールを運ぶための貨物駅だったらしい。今はお洒落なイメージしかない恵比寿だけど、何十年か前までは全く違う景色だったのかもしれない。

＊　＊　＊

暑気払いの日、ビールの見学のために早めにオフィスを出て日比谷線で一駅隣の恵比寿駅に向かった私は、あまりの人の多さに目を瞬かせた。

「な、なんか凄い人じゃないですか？」

日比谷線を降りて地上に出ると、辺りは人、人、人！　人気テーマパークのような混雑具合だ。

「今日は盆踊りだからね。藤堂さん、こっちだよ」

すぐ近くを歩いていた尾根川さんが、ＪＲの駅ビルへと繫がるエスカレーターを指さした。

「盆踊り？」

私はお洒落な恵比寿らしからぬ単語に目を丸くした。確かに、駅前の広場にはピンク色のぼんぼりが沢山ぶら下がり、中央にはやぐらが組まれている。

尾根川さんによると、恵比寿駅前で毎年行われる盆踊りは、いつも、もの凄い人出なのだという。なんと、二日間で六万人も参加するらしい。

「夜はもっと凄い人だよ」

「へえ」

これより人が多かったら、ぶつかって盆踊りが踊れないのでは？　と余計な心配をしつつ、私はエスカレーターからその景色を眺めた。

恵比寿駅から恵比寿ガーデンプレイスまでは、屋根付きの遊歩道で繋がっている。真ん中に歩道、左右に動く歩道があるその通路を使うと、暑い今の季節も快適なままで恵比寿ガーデンプレイスまで到着することができた。

連絡通路が終わってすぐにぶつかる車道を渡ると最初に見えた広場には、テレビドラマでおなじみの石のオブジェがあった。その前で観光客が写真撮影をしており、背後にはかつてここにビール工場を構えていたビール会社――サッポロビールのオフィスが見えた。

茶色い煉瓦タイル貼りのお洒落な外観で、恵比寿ガーデンプレイス全体がその茶色い煉瓦タイルと統一感があるデザインになっていた。

私はそのオブジェがある時計広場から、ガーデンプレイスの中心であるセンター広場までの下り坂を眺めた。右手に近代的なオフィスタワー、左手に低層のデパート、真ん前には高い屋根の緑色のアーチがあり、下り坂の両脇に並木と花の植栽。その向こうには西洋館のようなお洒落な建物が建っている。

「あれ、ミシュランガイドで毎年三つ星をとるレストランだよ」

綾乃さんが西洋館のような建物を指さした。建物はライトアップされており、まるで白く浮き上がる小さなお城のようだ。

「へえ、よく知っていますね？」

「うん。旦那と結婚記念日に来た」

「わぁ。ラブラブですね。羨《うらや》ましい！」

「ふふっ。ありがとう」

綾乃さんは照れくさそうに笑った。否定しないところを見ると、本当に仲がよいのだろう。羨ましい！

ビールの見学施設はセンター広場からデパートを通り抜けた先の少し分かりにくい場所に入り口があった。

館内は無料で自由見学もできるし、受付でお金を払うとガイドさんの解説付きのツアーに参加できる。みんなで早めに仕事を切り上げたかいあって私達は予約していたガイドツアーに間に合ったのでそちらに参加することにした。

ガイドツアーは前半は恵比寿にちなんだビールの歴史を学び、後半はガイドさんによる美味しいビールの注ぎ方のレクチャーとビールの飲み比べだ。

「藤堂さん、大丈夫？」

グラスに注がれた二杯のビールをちびちびと飲んでいると、隣にいた桜木さんがこちらを見ていた。私が何が大丈夫なのかと首を傾げると、桜木さんは私の顔となみなみと注がれたビールグラスとを見比べた。

「あんまりお酒強くないよね？」

「あ……はい」

桜木さんのご指摘の通り、私はあまりお酒に強くない。すぐに顔が赤くなるし、飲みすぎると気持ちが悪くなる。だから飲み会ではできるだけ弱いお酒をちびちびと飲んでやり過ごすタイプだ。

このビールツアー、試飲と侮るなかれ。結構しっかりとした量のビールが出てきた。時間が短いので、確かに私にはやや多すぎるのだ。

「せっかく美味しく入れてもらったので、これは飲みます」

「そう？　無理しないようにね」

「ねえ、注ぎ方だけの違いなのに、凄く美味しく感じるね。なんでだろう？」

反対隣にいた綾乃さんはいつの間に飲んだのか、一瞬で二杯ともグラスが空になっており、こちらを見て頬を綻ばせていた。

私は慌てて「そうですね」と目の前のビールグラスを持ち上げて口に含んだ。確かに、中身は同じなのになんだかいつもより美味しい気がした。

私はチラリと隣に座る桜木さんを窺《うかが》い見た。既に反対側を向いて、隣にいる尾根川さんと何か会話している。

私はビールグラスに入れられた泡がたっぷりの琥珀《こはく》色の液体をぼんやりと見つめた。シュワシュワと泡が上がっては消えてゆく。

桜木さんが、私がお酒に弱いことに気付いて気に掛けてくれた。それはほんの些細なことだけど、私はとても嬉しく感じた。

飲み会の後は恵比寿ガーデンプレイスの中のオフィス棟の上層階にあるレストランフロアから見える夜景を見に行こうと綾乃さんに誘われた。高層階のレストランフロアには、無料の展望スペースがあるのだそうだ。都心を高層階から眺める夜景は、街の灯りがまるで宝石のように煌《きら》めいていた。

「美雪ちゃん！　東京タワーだよ」

綾乃さんがぶんぶんと手を振って私を呼ぶ。綾乃さんは酔っぱらうと私を『藤堂さん』ではなく、『美雪ちゃん』と呼ぶのだ。綾乃さんが興奮して指さす先には、東京タワーが根元までしっかりと見えた。赤と白の躯体が幻想的にライトアップされている。

「本当だ。綺麗ですね」

「前に、藤堂さんと東京タワーから景色を見たよね」

いつの間にか隣に桜木さんがいて、懐かしそうに呟いた。

「そうですね」

私も小さく返事する。それはついこの間のことなのに、ずっと前のことのように感じる。

「ええ⁉　さくらぎぃ！　いつ美雪ちゃんと東京タワーデートしたのよ？」

傍《そば》にいた綾乃さんは私達の小声の会話を聞き逃さなかったようで、眉を寄せて桜木さんを追及し始めた。

「デートじゃなくて、仕事だよ」

桜木さんが相変わらずの酔いっぷりの綾乃さんを適当にあしらう。

「しごとぉ？　なんだ、つまんなーい」

「何だよそれ？」

口を尖らせる綾乃さんを見て、桜木さんは呆れ顔だ。桜木さんが『仕事』と言ったのを聞いて、ちょっとだけがっかりする自分がいる。

——あの食事も、ただの仕事？

ふとそんな疑問が浮かんだけれど、臆病者の私は口に出して聞くことができない。英二にこっぴどい振られ方をした私は、自分に自信がない。

私は楽しそうに桜木さんに絡む綾乃さんと、呆れ顔で対応する桜木さんから視線を移動させ、見渡す限り光り輝く東京の夜景を眺めた。

「よし。明日からも頑張ろっと」

キラキラ煌めく光は星のようだ。なんだかその光に応援されているような気がして、私は小さく自分にカツを入れた。

＊　＊　＊

「藤堂さん、どうやって帰る？」

お開きの時、桜木さんにそう聞かれて私は首を傾げた。

「バス以外に、なにかあります？」

「歩いても十五分かからないよ」

「本当ですか？」

住み始めてもうすぐ三ヶ月経つというのに、私は全く位置関係が分かっていなかった。恵比寿ガーデンプレイスは恵比寿駅より私の家に近い側にあるらしい。

「帰り道が分かりません」

「途中まで方向が同じだから、一緒に帰ろうか？」

「いいんですか？」

一緒に帰ってもらえると、正直、非常に助かる。実は、バス停の場所もよく分かっていなかったから、あの人で溢れる恵比寿駅にもう一度戻るしかないかと考えていたところだったのだ。

帰り道、ふと気付けば、歩道についた街灯がビールジョッキだった。二つのビールジョッキのライトと、ビールジョッキを牽《ひ》く馬車の飾りが付いた、変わったデザインをしている。そのビールジョッキはちょうどビールを注ぐような、絶妙な角度に傾いていた。

「なんか、この街灯可愛いですね」

「通りの名前がビール坂って言うくらいだから、昔はこの坂を馬車がビールを運んでいたのかもね。さっき、見学ツアーで言ってなかったっけ？」

街灯を見上げ、桜木さんは少しだけ眩しそうに目を細めた。黄色いライトはビールをイメージしているのだろう。

ビール工場は数十年前まで、今は恵比寿ガーデンプレイスになった場所に存在していた。自分のおばあちゃんの時代くらいまでは、ここをビールを載せた馬車が行き交っていたのかもしれないと思うと、とても不思議な感覚だ。

歩道を歩いていると、ちょうど羽田空港と恵比寿ガーデンプレイスにあるホテルを繋ぐエアポートリムジンが通り過ぎた。白にオレンジ色のラインが入ったバスには、何人かが乗っているのが見えた。

「桜木さんは、夏休みにどこか行かれるんですか？」

「俺？　実家に帰るだけだよ」

「へえ。どちらなんですか？」

「兵庫《ひょうご》だよ。兵庫県神戸《こうべ》市」

「関西なんですか？　意外です」

「そう？」

私は隣を歩く桜木さんを見た。桜木さんは不思議そうに私を見返す。

「だって、関西弁が全然出ないですよね」

「そう言えば、そうだね。向こうに戻れば出るよ」

「ふーん……」

桜木さんはいつも落ち着いた口調で喋る。関東人の私からすると、関西弁は少しテンション高めなイメージだ。その関西弁で桜木さんが喋るところは想像がつかない。

「藤堂さんはどっか行くの？」

「私も帰省です。栃木《とちぎ》なんですけど、私の実家があるところは何もない田舎なんです」

「普段が都心真っ只中だから、メリハリがあっていいね」

桜木さんはにこりと笑う。肩越しに見える道路を走り抜ける車のヘッドライトが、ふわりふわりと揺れて見える。

「藤堂さん、俺こっちだから。気をつけてね」

お喋りしていたら、時間が経つのは本当にすぐだった。自宅近くの交差点に着いたとき、桜木さんは我が家とは違う方向を指さした。ここまで来れば流石に私も見覚えがある。我が家はすぐそこだ。

「はい。ありがとうございました」

私は桜木さんにお礼を言うと、笑顔で手を振り、家路へとついた。

＊　＊　＊

八月のお盆真っ只中。

私は北関東にある、地元の駅に降り立っていた。ローカル線を降りた瞬間に、もわっとした熱気が全身を包み込み、日差しはジリジリと肌を焼くように強烈。オーブンの中に実際に入ったことはないけれど、『オーブンの中に入れられたようだ』と表現したくなる猛暑日である。

一つしかない改札口には、自動改札機が四つ。端には駅員さんが仕事するための小さな事務所と、幅二メートルにも満たない売店が一つ。

改札口を通るとき、駅員さんが明るい口調で「こんにちは」と声を掛けてくれた。都会にはない、こういうアットホームな雰囲気は、この町のいいところだと思う。私は軽く会釈し返すと、久しぶりの光景に目を細めた。

駅前には小さなロータリーがあり、僅《わず》かばかりの店舗が並んでいる。でも、一〇〇メートルも歩けばたちまち辺りは住宅街になる。私がぐるりと辺りを見回すと、一台のシルバー色の自家用車の窓から手が伸びて、ぶんぶんと振っているのが見えた。

「美雪ちゃんお帰り」

「ただいま、お母さん」

久しぶりに顔を会わせて嬉しそうに笑う母親に、私はとびきりの笑顔でそう言った。

最寄り駅から自宅までは車で五分くらい。距離にすると三キロ弱だ。道路沿いに建ち並ぶ一戸建ての住宅街と、時折現れる畑を眺めながら、私は帰ってきたんだなぁと感慨に浸っていた。この景色はイマディール不動産のある広尾では見られない。

「お父さんは？」

「家にいるわよ。美雪ちゃんが帰ってくるからって張り切ってこんなおっきなスイカ買ってきたの。きっと、今頃首を長くして待っているわ」

母は運転をしながら、「こんな」と言うときだけ少し大きな声をあげてクスクスと笑った。なんとなくその父親の様子に想像がつく。きっと、私には「たまたま通りかかったら安かった」とか言うんだろうな。

「お父さん、ただいま！」

「ああ」

父親は私が声を掛けると、新聞からチラッと顔を上げ、またすぐに新聞に視線を落とした。私は父親の座るソファーの横を通り、かつて使っていた自分の部屋へ向かった。荷物を部屋に置くと、持ってきた紙袋を持ってもう一度、一階に下りた。紙袋に入った箱の中には、イマディール不動産の近くにある和菓子屋さんで買ったあんみつが入っている。それを冷蔵庫に入れに行くと、台所には水が張った盥《たらい》が置かれており、中にはバスケットボールより一回り大きなスイカが入っていた。

「ねえ、すっごいスイカだね」

私は台所からひょこっと顔を出して父親に話しかけた。

「だろ？　たまたま見かけたから、買ってきた。切ってくれるか？」

新聞から顔を上げると、歯を見せて小学生のような笑顔を浮かべる父親に、私も思わず笑みをこぼした。早速台所で包丁を使おうとシンク下の戸棚を開ける。ギィーッと軋んだ音がした。

「この戸棚、変な音がするね」

「そうなのよ。もうそろそろ建て替えなきゃ駄目かしら？」

エプロンを付けた母親は頬に手を当ててそうぼやいた。

そう言えば、うちは私が小さいの頃に建てたと聞いた気がするから、もう築二十五年近いはずだ。流石に骨組みはまだしっかりしていると思うが、内装はだいぶ経年劣化が目立ってきている。

キッチンの壁紙は油汚れや埃で茶色く変色しているし、他の部屋の壁紙も一部が剥《は》がれている。所々がぶかぶかしてきたフローリング、開け閉めするとキィーといやな音を立てるドア。

「建て替えるのもいいけど、リフォームしたら？　今働いている会社がね、リフォームとかリノベーションが得意なんだよ。まるで新築みたいになるよ」

「イノベーションってなに？」

「リノベーションはね――」

キョトンとする母親に、私はリノベーションのなんたるかを話して聞かせた。この場にイマディール不動産の物件案内がないことが悔やまれてならない。仕事で撮影した物件の写真が持って来た会社用スマホに何枚か入っていることを思い出し、私はそれを母親に見せた。

「これ、凄いでしょ？　会社の先輩と一緒に考えてリノベーションしたの。元はこんな部屋だったんだよ」

私はリノベーション前の写真も画面をスライドさせて母親に見せた。画面の中では、なんの変哲もない少し古びた部屋が、ホテルのような空間に生まれ変わっている。母親はそれを見て、目を丸くしていた。

「へえ、凄いわね。イノベーション」

イノベーションじゃなくてリノベーションなんだけど……と思ったけれど、そこは触れないであげた。私のスマホの画面を暫《しばら》く眺めていた母親は、画面から視線を外して私の顔を見る。

「新しい会社はどう？」

「いいところだよ。営業だからまだ慣れないことも多いけど、職場のみんな親切だし」

それを聞いた母親は、安堵したような表情を浮かべた。

「よかった。美雪ちゃんが元気にやってそうで」

「え？」

「前の会社の時は、帰ってくる度にこんなお客さんが来て大変だったって愚痴が多かったじゃない？　今は楽しそう」

にこにこする母親の指摘に、私は口を噤《つぐ》んだ。前の会社でも、英二との社内恋愛だったり、ちょっとした休憩時間に真理子とお喋りしたり、楽しいことも沢山あった。ただ、仕事に関して言えば、毎日与えられた業務を淡々とこなすだけで、やりがいは感じていなかった。

けれど、今思い返せば、多分それは私の仕事に対する姿勢の問題が大きかったように思う。自分から何かを変えようと考えることを放棄していた。

「お母さんたち心配していたのよ。突然美雪ちゃんが転職して引っ越ししたって言い出して、しかも物凄い都会でしょ？　騙《だま》されて、変な会社に入ったんじゃないかと思って」

母親は私に「はい」とスマホを返してきた。私はそれを受け取ると母親の顔を見た。母親は私と目が合うと、嬉しそうに笑った。

「でも、楽しそうでよかった。いい会社に転職できてよかったわね」

「……うん。ありがと」

私はそう言うと、スイカをザクッと切った。きっと、そっと見守ってくれていたけれど父親も母親も私のことをとても心配していたのだろう。もう、心配かけさせないようにしたいな、と思う。切ったスイカからは、独特の甘さと夏の香りが広がった。

父親が買ってきたスイカはとっても甘くて美味だった。一人用のカットスイカは割高なので、今シーズン私がスイカを食べるのは初めてだ。出かけていた弟も帰ってきて、あんなに大きなスイカだったのに家族四人で一度に半分も食べてしまった。

お盆休みには、地元から他の地域に出て行った友達も帰ってくることが多い。たまたまラインでやり取りして地元にいると分かった高校の時の友達と、私は久しぶりに集まった。もう高校を卒業してから十年近い年月が経った。でも、こうやって集まると同じ制服を着て学校に通い、机を並べていたのがつい先日のような気がしてしまう。

地元の友達と近況を報告し合うと、皆状況は様々だった。今も地元に留《とど》まって美容師として働いている子もいれば、結婚して専業主婦になった子もいるし、私と同じように地元を出た子もいる。でも、環境は違えども会えば当時のように話が盛り上がった。

「ねえ。美雪は例の彼と結婚決まった？」

友達の一人にそう聞かれ、私はぴたりと動きを止めた。それを聞いてきた友達はにこにことしている。そう言えば、去年会った時に、「今付き合っている人と結婚すると思う」と話していたのだ。当時私の言った『今付き合っている人』とは、もちろん英二のことだ。

「あー、色々あって別れちゃった」

私は頭の後ろに手を当てて、気まずげに笑う。

「そうなの？　まあ、結婚してもいいと思う人と、付き合って楽しい人って別だよね」

「そうそう、バツつく前でよかったじゃん。次いこ、次」

「美雪は料理上手だし、綺麗だから、すぐ見つかるよー。バカだね、その男」

あっけらかんとした様子で友人達が笑う。てっきり暗い雰囲気になってしまうかと思った私は、ちょっと拍子抜けした。

「だね。次に行こうと思います！」

私は口元を綻ばせると、にかっと笑って見せた。

久しぶりに会った友人達に、沢山の元気を貰《もら》えた気がした。

三、念願の初成約

　九月に入り、私がイマディール不動産に入社して既に五ヶ月が過ぎた。

　これまでは桜木《さくらぎ》さんにくっついて仕事を覚えていた私も、そろそろ大丈夫だろうということで、一人で業務をこなすことが増えてきた。そんな中、私は先日物件のご案内をしたお客様と電話でやり取りをしていた。

「はい……はい。……そうですか。誠に残念ですが……またのご機会があったら、是非《ぜひ》ご利用お願いします。ありがとうございました」

「せっかく案内してもらったのに、ごめんなさいねぇ」

　もう何回繰り返したか分からない、このやり取り。電話を切ると、私は深いため息をついた。

　イマディール不動産で一人営業を始めて早一ヶ月。私の成績は『契約件数ゼロ』という、散々たるものだった。ご案内自体はそれなりの人数をお連れしているし、物件にも自信を持っている。けれど、なぜか上手く行かない。

「あーあ。駄目でした……」

自席で項垂《うなだ》れる私を綾乃《あやの》さんがチラリと見る。

「まあ、不動産の見学者の半分以上は冷やかしだから。そう気に病むことないって」

元気付けようとしてくれているのか、綾乃さんの口調は底抜けに明るい。そう言ってもらえると、少し救われる。

「でも、桜木さんは何件も成約しています」

「あいつは化け物だから。張り合っちゃ駄目よ。前の会社でも、断トツだったもん」

「前の会社？」

私は伏していた顔を上げて、綾乃さんを見た。こちらを見ていた綾乃さんは、私の訝《いぶか》しげな顔を見てきょとんとした顔をした。

「あれ？　言ってなかったっけ？　私と桜木、イマディールに入社前に勤めていた会社で同期なの」

「そうなんですか？　全然知りませんでした」

本当に、全然知らなかった。

思い返せば、綾乃さんは桜木さんのことだけ呼び捨てだし、とても親しげだ。前の会社に新卒で入社したと考えれば、既に十年の付き合いになるのだからそれも頷《うなず》ける。

「ちなみに、どちらの会社に？」

「SAKURAGI《サクラギ》」

「SAKURAGI？」

私は思わず聞き返した。

SAKURAGIと言えば、関西地方を中心に手広く不動産関連を扱う中堅の不動産会社だ。旧財閥系を始めとする大手不動産会社には敵わないが、ここ数十年で台頭してきた企業として業界ではそこそこ有名でもある。一般人は知らないかもしれないが、不動産会社に勤める人なら知っている、そんなレベルの会社。最近は関東地方にも進出しており、イマディール不動産とは比べものにならないくらい会社の規模は大きい。従業員だって何百人かいるはずだし、資本金だって全然違う。会社の安定性たるや、言うまでもない。

SAKURAGIからイマディール不動産へ。なんともちぐはぐなこの転職には疑問を持たざるを得ない。

「何でまたSAKURAGIからイマディール不動産に?」

「私は、桜木に惚れたから」

「惚れた⁉」

私は素っ頓狂《すっとんきょう》な声を上げて、慌てて自分の口を塞いだ。まるで『おはよう』と言うが如《ごと》く、自然に『惚れた』とカミングアウトした綾乃さんに驚きが隠せない。慌てふためく私を見て、綾乃さんは目を瞬《しばたた》き、その後けらけらと笑い出した。

「藤堂《とうどう》さん、今勘違いしているでしょ? 『惚れた』って言うのは、異性としてじゃなくて、同僚としてってことよ。桜木ってさ、御曹司だから前の会社の時陰口が酷くてさ」

「桜木さん、御曹司なんですか⁉」

私はまたもや素っ頓狂な声を上げた。

SAKURAGIの御曹司といえば、とんでもないボンボンのはずだ。今まで一度だってそんな素振りは見せなかったのに。

「そうだよ」と綾乃さんは言った。

「だから、契約を取っても『わざと契約を取りやすいお客様を回されている』って言われたり、なにか成果を出しても『親の七光りで上司に付け入っている』って言われたり」

「酷いですね。桜木さん、本当に仕事できるのに」

私は思わず顔を顰《しか》めた。今の桜木さんの働きっぷりからすると、きっと実力で頑張っていたのは想像がつく。それを僻《ひが》みでそんなふうに言うなんて、酷いと思った。

「そうそう。でも、高学歴だし、仕事できるし、そこそこハンサムだし、挙げ句の果てに御曹司でしょ？　妬む連中っているのよ。結構酷いこと言われていたよ。でも、コネが何もないとか、上司が贔屓《ひいき》していないなんて、結局のところ、証明のしようがないじゃない？　もしかしたら、少しぐらいそういうことがあったかもしれないし」

私はぐっと押し黙った。上司だって一人の人間だ。確かに、部下に経営者一族の若手がいたら、ある程度の贔屓は起こり得る。なぜなら、相手は将来的に自分の会社の経営幹部に成り得る立場の人間なのだ。

「でね、アイツどうしたと思う？」

綾乃さんは私を意味ありげな目で見つめた。私が無言で首を傾げると、綾乃さんは言葉を続けた。

「ある日、突然退職届出して辞めたの。自分にはコネなんてないってことを場所で証明しますって、これまで陰口叩いていた連中に啖呵《たんか》切って。あれはびっくりしたわ。前の会社の同期内じゃ、『逆ギレ退職』って未だに伝説になっているわ」

「えぇ⁉」

綾乃さんはその時のことを思い出したのか、肩を揺らして笑った。一方、私は唖然としてしまった。

桜木さんが逆ギレして退職届を出すなんて、私にはとても信じられなかった。私にとって、桜木さんはいつも穏やかな雰囲気の大人の男性だ。でも、今の話を聞く限り、芯の部分はとても負けず嫌いな激情家なのかもしれない。

桜木さんは、私が振られた腹いせに退職届を出したと言った時、馬鹿にせずに聞いてくれた。もしかしたら、その時の自分と私が重なったのかもしれない。

「で、桜木がイマディールリアルエステート株式会社に転職を決めた時、私もたまたま夫の東京転勤が決まってＳＡＫＵＲＡＧＩを退社することになったから、なんなら同じ会社に入ってアイツの行く末を見てやろうと思ったわけ。駆け出しの会社で不動産会社での営業経験者を欲しがっていたから、すんなりと採用が決まって今に至るわ。もう、四年くらい前のことよ」

「そのことって、綾乃さんの旦那様は知っているんですか?」

「もちろん。だって、私の夫、SAKURAGI時代の同期だもん。桜木のこともよく知っているよ」

綾乃さんは屈託なく笑う。

初めてここで働き始めた日に、綾乃さんは桜木さんのことを『色々と凄い』と評した。私はこれまで、桜木さんの仕事ぶりのことを指してそう言っているのだと思っていたけれど、きっとそれだけじゃないんだ。生まれ育った環境とか、御曹司であることとか、仕事ぶりとか、熱いところとか、全部引っくるめて『色々と凄い』と言ったんだ。

「綾乃さんから見て、イマディール不動産に入社後の桜木さんってどうですか?」

「んー、そうねぇ」

綾乃さんは考えるように天井を仰ぐ。そして、ゆっくりとこちらに視線を移動させた。

「相変わらずずば抜けた仕事ぶりは変わらないけど……なんだか楽しそうに見えるわ。前は会社が大きい分、仕事も縦割りだったから。色んなことを任されて、凄く勉強になっていると思うよ。きっと、SAKURAGIに戻ってからも今の経験って役立つと思うの」

「……え？　桜木さんってSAKURAGIに戻るんですか？」

「はっきりと聞いたことはないけど、いつかは戻るんじゃないかな？　御曹司だし」

毎朝出社したら、目の前に尾根川《おねがわ》さんがいて、隣に綾乃さんがいて、斜め前に桜木さんがいる。でも、それが当然じゃないってことを、私はすっかりと忘れていた。

このまま、桜木さんが会社を去ったら？

――きっと、二度と会えなくなる。

頬に手を当てる綾乃さんを眺めながら、私は自分でも考えられないくらいショックを受けていた。


九月半《なか》ばのこの日、勤務時間も終わって人もいないため半分電気が消されたオフィスフロアで、私は一人で仕事をしていた。お客様からのご要望書、物件概要、部屋の図面、周辺地図、イマディール不動産のパンフレット……。クリアファイルに入れたそれらの書類を何度も見返し、忘れ物がないかを確認する。実は、もうこれで四回目だ。

「うん、大丈夫だよね」

お客様にお渡しする書類は汚さないように鞄にしまい、自分用にコピーしたお客様のご要望書を読み返す。希望されているのはＪＲ品川駅からほど近い、港区高輪《たかなわ》の１ＬＤＫ、築二十八年のリノベーション物件だ。五十平方メートルの２ＤＫの間取りを変更したもので、大きめのリビングダイニングと寝室はこの築年数だとリノベーションだからこその間取りだ。それをじっと見つめていると、背後から物音が聞こえた気がして私は振り返った。

「あれ？　藤堂さん、まだ帰ってなかったんだ」

そこにはネクタイを外して首元のボタンを一つ開けた楽な格好をした桜木さんがいた。私がまだいることを予想していなかったようで、驚いた顔をしている。

「はい、なんとなく。明日、大丈夫かなって……」

私は手を頭の後ろに当ててへらりと笑う。壁際の時計を見ると、既に時刻は九時近かった。

「桜木さんはこんな時間にどうしたんですか？」

「俺は今日ずっと外出だったから、急ぎのメールがないか確認しようと思ってさ。うちの会社も外からメールチェックできるようになるといいんだけどね。お客様の情報も沢山扱っているから、情報セキュリティ上難しいのかな」

桜木さんはそう言いながら、自分のデスクに座ると、すぐにパソコンの電源を付けた。カタカタとキーボードを叩く音が、静かなオフィスに響く。

私は再び書類に目を移す。明日、私は一人でお客様をご案内することになっていた。

すでに何回かご案内はしているけれど、未だに慣れない。入社以来数ヶ月、いつも桜木さん、もしくは尾根川さんが横にいてくれた。しかし、一人だと自分しか頼れる人はいない。

「大丈夫？」

いつの間にか桜木さんが横に立ち、こちらを見下ろしている。視線は、私が手に持っている書類に向いていた。

「あ、はい。――なんか、緊張しちゃって。私はまだ営業マンとして駆け出しですけど、いらっしゃるお客様からすると『不動産会社の営業さん』って立場は同じで、私の事情なんて関係ないじゃないですか。だから、失敗しないようにしないとって思って」

「そうだね。一度社名をしょって外に出ると、こちらの立場はどうであれお客様からしたら会社の代表だもんね」

「はい」

桜木さんは私の隣の、綾乃さんの椅子を引くと、そこに座った。

「俺さ、駆け出しの頃、何回も失敗したことあるよ」

「桜木さんが？」

私は桜木さんの顔を見つめる。桜木さんはにっと笑った。

「物件概要の書類を他の物件と間違えて持って行って現地で気付いたこともあるし、

他社でも取り扱っている物件でお客様を現地までお連れしたら既に決まりましたって言われたこともある。あとは、お客様の名前をずっと呼び間違いしていて、後からクレームがきたり」

「へえ」

今や営業チームの断トツトップをひた走り、失敗知らずのイメージがある桜木さんだけど、そんな過去があったなんて意外だ。目を丸くする私を見て、桜木さんは苦笑する。

「だってさ、接客用のシートに箱に谷って書いて『箱谷』って名字が書いてあったんだ。フリガナもなかったから『ハコタニ様』って呼んでいたら、『ハコヤ様』だったんだよ。『そんなん、知らんし』って当時は思った」

桜木さんによると、比較的親しい友人に同じ文字を書いて『ハコタニ』さんがいたらしく、完全にそう思い込んでいたそうだ。うん、それは私もそう思ってしまう気がする。

「けど、それからは記入用紙のフリガナが未記入だったら、必ず『恐れ入りますが、お名前の読み方は○○でよろしいでしょうか?』って確認する癖ができたから、あながち悪い経験じゃなかったのかもな。物件概要の案内も間違えていないかをそれまで以上にチェックするようになったし、他社もご案内する物件はお客様を案内する前に必ず成約がまだか確認するようにもなった」

桜木さんはそこで言葉を切り、私の手元を見つめる。

「俺より、藤堂さんの方がだいぶしっかりしているね」

私は桜木さんの視線の先、自分の手元を見る。なんだか気恥ずかしくなって、「そんなことないですよ」と答える。

「桜木さんでもそんな時代があったのかと知ったら、少し勇気が湧きました」

「本当？　それはよかった」

桜木さんはくすりと笑うと、どこか遠くを眺めるように視線を宙に浮かせた。

「俺は沢山失敗したけど、一番の失敗はお客様の状況をきちんと聞かなかったことかな」

「お客様の状況？」

私は首を傾げた。

「うん。前の会社の時だけど、その会社は自社で建設した新築のマンションの販売もしていてさ、俺、営業担当だったんだ。ちょうど売っているマンションを気に入って購入したいっていうお客様がいらして、一階の中部屋か上層階の角部屋で迷っていたから、絶対に角部屋がいいってこちらからおすすめして角部屋を成約してもらった。一〇〇〇万くらい値段が違ったんだけど、住宅ローンシミュレーションして、ボーナスも含めれば返済可能ですって説得してさ」

私は話を聞きながら、桜木さんを見返した。これのどこが失敗なのか、よく分からない。どちらかというと、成功体験のように聞こえる。

「いざ入居したら、その人、ローンで首が回らなくなって結局二年でその物件を売却したんだ。俺が勤めていた会社、自社ブランドの新築販売と中古販売の両方やっててさ、自社ブランドの物件をうちで中古売却すれば仲介手数料が安くなるサービスがあったから、それを知った。中古売却のときに担当したのがたまたま同期で、『あんたのところの営業さんが「大丈夫」っていうから買ったのに』って恨み言を言っていたって聞いて、あーあって思った」

「でも、それって桜木さんのせいじゃないですよね？」

販売担当したのは確かに桜木さんだけれど、実際に購入を決めたのはあくまでもお客様だ。なんとなく納得いかない。桜木さんは「うん、そうなんだけど」と言った。

「住宅って、多くの人にとっては一生の買い物だろ？　もちろん買い替える前提で買う人もいるけど、一生そこに住むつもりで買う人もいる。もっと、その人の身になって話を聞けばよかったなって思った。まだ若い夫婦だったのに、子供の教育費とか全然考慮していないぎりぎりのローン組ませてさ。せっかく買ってもらうなら、いい買い物をしたって思ってほしいだろ？」

こんなこと、私は今まで考えたことがあっただろうかと衝撃を受けた。お客様や仕事に向き合う姿勢の差を見せつけられて、にこりと笑う桜木さんがなんだか眩《まぶ》しく見える。

いつか自分も、この人みたいな営業マンになりたいなと思った。

最初にそのお客様――水谷《みずたに》様がいらした時、私は彼女のことを、きっとこの人は恋愛など全く興味のない、仕事一筋のバリバリのキャリアウーマンなのだろうな、と思った。

三十六歳独身、誰もが知る一部上場企業の副課長職。淡い茶系のアイシャドーは陰影をつけるために何色か重ねられ、リップは赤みのあるはっきりとした色合い。しっかりと施された化粧は、彼女が社会で戦うための鎧のように見え、少しだけ吊り上がった目尻は彼女をより強い女に見せていた。

「会社の独身寮の退寮期限が迫っているの。だから、自分が住むためのマンションの購入を考えているのよ」

水谷様は私と会うとニコリと笑い、そう言った。背筋がピンと伸びた凛とした佇《たたず》まいはいかにも仕事ができるオーラを纏《まと》っており、胸元には私も知る有名ブランドの花形のネックレスが光っていた。

「本日はこちらのマンションの見学でよろしいですか？」

私は一枚の物件案内を水谷様に差し出す。

「ええ、お願い」

「畏《かしこ》まりました」

　水谷様が見学を希望されたのは東京都東部の、とある駅から離れた河川沿いにある、タワーマンションだった。周囲を運河で囲まれた半島のような形状になった場所に、何棟ものタワーマンションが建ち並ぶ、再開発された都心でも特徴的な新しい街だ。大型ショッピングモールも近くにあり便利だし、都心までも電車に乗ればすぐに着く。ただ、物件から駅までは徒歩十分以上はかかる。

「ご案内の前に、どのような物件をお探しか、事前にヒアリングさせて頂いてもよろしいですか？　皆様にお伺いしておりまして、ご迷惑でなければお願いしたいのですが」

「ええ、もちろんいいわよ」

　私はアンケート用紙を水谷様にお渡しした。記入頂く間に、裏でお客様用のコーヒーを用意してお出しする。小さな接客室はコーヒー独特の芳《こう》ばしい香りで満たされた。しばらくすると、水谷様は「書けたわ」と言って私にアンケート用紙を手渡した。

　私はアンケート用紙の回答を見て面食らった。希望エリアは都心部、城東、城西、沿岸部など全てに丸が付いているし、希望間取りも１ＤＫから２ＬＤＫまでと幅広い。決まっているのは予算の四五〇〇万円だけだ。まるで、『どんな家にするか全く決めていない』と言われているようだった。

「少しだけ確認させて頂いてもよろしいですか？」

「ええ」

「エリアに、なんとなくのご希望はありませんか？　やはり、今回見学される東京都東部がよろしいですか？」

「それが、迷っているの。私は実家も遠方だし、特にこだわりはないのよ。ただ、通勤しやすい場所がいいわ。とは言っても、私の仕事は転勤も有り得るから、具体的な場所はなくて、交通の便がいいところ」

　水谷様は落ち着いた口調でスラスラと答えてゆく。アンケート用紙を見ると、水谷様の勤務地は大手町となっている。これは、確かに今回の見学を希望されたマンションからは通いやすい。

「ご希望の間取りも幅広いですが、お一人でお住まいの予定ですか？」

「……そうよ。独身だし、結婚の予定もないし」

　水谷様は私の顔を見つめてクスリと笑う。ただ、私はその答えの前に水谷様に一瞬だけ間があったように感じた。しかし、次の瞬間には何事もなかったように自然に答える水谷様を見て、やっぱり気のせいかと思った。その後も、私はいくつかアンケート用紙を見ながら確認し、質問を終えた。

「では、早速物件にご案内させて頂きます。タクシーでよろしいですか？」

「ええ。お願いするわ」

　水谷様が頷《うなず》かれたので、私はオフィスから出て外苑西通《がいえんにしどお》りでタクシーを捕まえると、見学先の物件へと向かった。

実は、物件案内の際にタクシーではなく公共交通機関のご利用をご希望される方も多い。住むに当たって、周辺環境や駅からの経路を見ておきたいと考えるからだ。

＊　＊　＊

見学先は、築十三年のタワーマンションだ。三十二階建ての十六階に位置している、六十五平方メートルの２ＬＤＫ。まだ築十三年と比較的新しいため、大規模なリノベーションは行っておらず、リフォームを施したのみだ。それでも、部屋の中はまるで新築のように美しく、自信をもってご案内できる物件だ。

水谷様は室内を順番に見て回り、最後にオープンキッチンで作業台をさらりと手で撫でて、そこから見渡せるリビングダイニングルームを眺めていた。

「藤堂さん、ここはお幾らだったかしら？」

「四二〇〇万円です」

「そう。新築時は幾らだったの？」

「五〇八〇万円です」

「ふーん。だいぶ下がっているのね」

水谷様は小さく呟《つぶや》くと、リビングルームに移動して窓から外を覗いた。

タワーマンションは一棟の世帯数が多いので、こう何棟も同一地区に乱立してしまうと中古市場では供給過多に陥りやすい。このマンションの場合、乱立しているタワーマンションの中でも最も駅から離れていることがマイナス要素として大きかった。ただ、新築では手が届かなかった方達にも買える価格になるという点で、購入者層が広がる利点はある。

私は水谷様の背中越しに窓の外を見た。この部屋は東向きなので、バルコニーからは隣接するタワーマンションの合間を縫って都内郊外の住宅街がはるか遠くまで見渡せた。奥の方は、もしかしたら千葉県なのかもしれない。

「ありがとう。素敵なところだったわ」

「こちらは大規模マンションなので共有スペースがございます。見て行かれますか？」

「例えば、どんな？」

水谷様に聞き返され、私は手元の物件案内を見た。

「共用会議室、ゲストルーム、キッズスペースです」

大規模なマンションになればなるほど、こういった共有スペースは充実してくる。少額を管理費として負担し合うだけで維持費が確保できるからだ。中にはスポーツジムやカフェ、プールがある大規模マンションも最近はあるが、この物件では共用会議室、ゲストルーム、キッズスペースの三つだった。

「キッズスペース？」

「はい。ファミリー層にはとても人気の施設ですよ」

水谷様は一瞬考えるような仕草を見せたが、すぐに首を横に振る。

「うーん。やめとく。せっかく時間を取ってもらったのに、ごめんなさいね」

水谷様は曖昧《あいまい》に微笑むと、申し訳なさそうに眉尻を下げた。その表情を見て、私は今回も契約はなしだと悟り、内心でがっかりした。

「そうですか。今後、水谷様にいいと思われる物件があった場合、ご案内させて頂いてもよろしいでしょうか?」

「ええ。お願いするわ」

私は最寄りの駅まで水谷様をタクシーでお送りすると、背筋のピンと通ったその後ろ姿に深々とお辞儀をした。

＊　＊　＊

オフィスに戻った私はパソコンの前で項垂れた。

なんでだろう。

マンションのような高額物件が月に何件も売れるとは思わないけれど、こんなに売れないなんて。

きちんとご希望の物件にご案内しているのに、何がいけないのだろうかと、自分なりに考えても、答えは分からない。

項垂れた私は、机がコツンと鳴る音で顔を上げた。そこにはマグカップに入ったコーヒーが置かれていた。綾乃さんが何も言わず、こちらを見ている。

「……また駄目でした」

「そっか。どんなお客様をどこにご案内したの？」

椅子を引いてそこに座った綾乃さんに聞かれ、私は水谷様のことを話した。綾乃さんは真剣な顔でそれを聞いていたが、話を聞き終えると大真面目な顔で私を見た。

「ねえ。その人、迷っているんじゃない？」

「迷っている？」

「うん。確かに三十六歳でそのスペックだとどう見てもバリキャリだし、仕事命っぽく見えるけど、本当は家庭を持つ選択肢も考えているんじゃないかなぁ？」

「家庭を持つ選択肢を考えている人が、一人暮らしのためにマンションなんて買いますか？」

「だから、それが迷っているってこと！」

綾乃さんはずいっと人差し指を立てた。

「六十五平方メートルの2ＬＤＫって、そもそも一人暮らしの女性が買うには広いと思うのよ。もしかしたら、将来結婚したときに旦那さんと一緒に暮らせるように保険をかけているんじゃない？」

綾乃さんに言われて、私は水谷様のことを思い返した。落ち着いた雰囲気、凛とした佇まい、いかにもできる女風のキャリアウーマン。一見、彼女は仕事と結婚しているように見えた。

――けれど、実際は？

例えば自分が水谷様だと考えたとき、やっぱり仕事一筋の人生には不安があると思う。この先の長い人生で、体を壊したときにすぐに助けてくれる人も、辛いときに寄り添ってくれる人もいない。仕事には誇りを持っていても、家庭を持つ選択肢や、恋人と共に暮らすことも視野に入れているのではないかと思えてきた。仕事ができる女性が恋をしちゃいけない、結婚しちゃいけない、子供を産んじゃいけないなんて決まり、どこにもない。

六十五平方メートルは確かに一人暮らしには広い。そして、物件価格が新築時より下がっていると知ったときの水谷様のあの表情。

色々考えると、水谷様は将来に備えてマンションは欲しい。けれど、家庭を持つ可能性は捨てたくない。そして、将来的に自身が体調を崩すなどの万が一の事態に備えて、マンションに資産価値を求めている。そんな風に思えてきた。

最後に共用スペースが共用会議室、ゲストルーム、キッズスペースの三つだと知ったとき、水谷様の表情は僅《わず》かに曇った。私は共用スペースが想像より少なかったことであの表情だったのだと思っていたけれど、もしかしたらもっと複雑な彼女の心境の表れだったのかもしれない。

「私、その可能性を視野に入れて物件のご案内してみます」

「うん。頑張れー」

ぎゅっと胸の位置で拳を握った私を見て、綾乃さんも拳を握り、同じポーズをした。


そうと決まれば善は急げ。私は早速、水谷様にご紹介できる物件がないかを確認し始めた。

将来的に家庭を持っても対応できる。将来に亘《わた》って、資産価値が落ちにくい。女性が一人暮らししても安全。大手町はもちろん、色んな場所への交通アクセスがいい。そして、予算四五〇〇万円以下。

家族向けだと小さくともやはり2LDKは欲しい。となると、大体五十五平方メートル以上にはなる。これを四五〇〇万円以下でとなると、不動産業界で重宝されるような都心六区の駅近はなかなか難しい。あるにはあるのだが、選択肢が非常に狭まる上に難あり物件なことが多いのだ。

もちろん、中古物件の販売価格の決定権は最終的にはオーナーさんにあるので、優良物件を低価格で放出する欲のない方もいる。しかし、滅多にいないと言っていい。

私はやはり最初に水谷様にご案内した物件と同様に、少しだけ都心部を外れた地域を探し始めた。都心部から電車に少し乗れば、選択肢は急激に広がる。ただ、そういったところは駅近を選ばないとマンション価格が下がりやすいので、注意が必要だ。

「藤堂さん、今日この後って忙しい？」

イマディール不動産の物件情報とにらめっこしていた私は、ふと斜め後ろから声を掛けられた。いつの間にか桜木さんが自席の後ろにいて、こちらを見ている。

「今日？　お客様のアポはないので大丈夫ですが？」

「よかった。じゃあ、内装工事を終えた物件を確認しに行くから、一緒に行かない？」

「分かりました。ご一緒します」

私はすぐに頷いたが、内心ではクエスチョンマークが沢山浮かんでいた。九月に入り、私は自分一人で営業するようになり、桜木さんに同行することはなかった。なぜ今日は誘われたのだろうと、私は首を傾げたのだった。

＊＊＊

「今日行くところはね、番町《ばんちょう》だよ」

「番長？」

私は隣を歩く桜木さんを見上げた。『番長』なんて駅、聞いたことがない。そもそも、『番長』とは、非行に走った少年少女のボスを指す言葉のはずだ。まさか、あちら系の方がオーナーの物件なのだろうか。

　無言のまま眉根を寄せる私を見て、桜木さんが説明を続けた。

「番町っていうのは、千代田区《ちよだ》の皇居の裏手の辺りのエリアだよ。千鳥ヶ淵《ちどりがふち》周辺で、不動産業界では最も資産価値が落ちにくい地域としても有名だ」

「そうなんですか？　初めて聞きました」

　千代田区バンチョウ？　やっぱり聞いたことがない。けれど、桜木さんが資産価値が落ちにくい地域と言うなら、きっとそうなのだろう。

　前の会社は埼玉県中央部の地元密着の賃貸不動産会社だったので都心部は扱っていなかったということもあるけれど、『不動産業界で最も資産価値が落ちにくい地域として有名』と聞いて、改めて自分の知識のなさを痛感する。もう五年以上もこの業界で過ごしているのに。

「便利な地域な上に供給が少ないから、プレミアが付きやすいんだ。俺も関西に住んでいたせいもあって、この仕事を始めるまで『番町』の地名を知らなかったよ。占有面積一〇〇平方メートル以上の超高級物件が多いけど、今日は三十六平方メートルの1Kだよ」

　桜木さんが案内してくれたのは、築十四年の中規模マンションだった。半蔵門《はんぞうもん》線の半蔵門駅から徒歩三分、他に、JR中央線、地下鉄南北線、新宿線、有楽町線が通る市ヶ谷駅にも徒歩十分かからない。とにかく、とても便利な場所だ。

共用部分の管理体制も見る限りはしっかりしているし、エントランスも昼間はコンシェルジュ、夜間は警備員の二十四時間有人体制だ。

リノベーションが施された内装は玄関から廊下にかけては大理石タイル、主寝室となる十畳の部屋には白いフローリングが敷かれていた。全体的に白でまとめられており、清潔感があり明るい雰囲気だ。

ちなみに、販売予定価格は三十六平方メートルに対して四三八〇万円となかなかのものである。新築時は四一〇〇万円だったそうだから、なんと、値上がりしている。とは言っても、今この辺りの同スペックの新築を買おうとすると五〇〇〇万円近いので、それに比べればお手頃である。

「素敵なマンションですね」

私はもう一度部屋を見渡した。広い室内にはキッチンへ続くドアと廊下へと続くドアがついている。濃い木目調のドアは白いフローリングとよく合っていた。値上がりするのも頷けるような、本当に素敵なマンションだ。

「そうだね」

ホームページに掲載用の内装写真を撮り終えた桜木さんも部屋を見渡し、表情を綻ばせた。

「やっぱ、これを買うのは投資家ですかね。１Ｋだしハイクラスなビジネスマン向けの賃貸需要狙いかな」と私は言った。

「うーん、どうだろう。投資家も有り得るね」と桜木さんが答える。

桜木さんはそこで一旦、言葉を区切った。

「藤堂さん。マンションの価値は何で決まるか覚えている？」

「えっと、立地です」

私の答えを聞いた桜木さんは満足げに頷いた。

「そう。マンションの資産価値には立地が一番効いてくる。ここは、日本有数のマンション資産価値が落ちない地域だ。だから、何年か住んで転売しても、殆《ほとん》ど値下がりしていない」

それを聞いて、私はハッとした。今まで、私は『マンションを買う』イコール『そこにずっと住み続ける』という固定観念を持っていた。マイホームは一生に一度の買い物だと無意識に思い込んでいたのだ。

けれど、人気があってプレミアが付くような地域では、資産価値が落ちないから転売する、もしくは別の誰かに貸して不動産収入を得る選択肢もあるのだ。

これはもしかしたら、水谷様にご紹介したらいいのではないだろうか。私はすぐにそうした考えに至った。

「桜木さん、ありがとうございます」

「ん？　何が？　藤堂さんこそ付き合ってくれてありがとうね」

桜木さんはすっとぼけたようににこっと笑ってそう言った。この人、本当に仕事ができるなぁ、と感心してしまう。物件を出る間際、桜木さんは腕時計で時間を確認した。

「もう五時過ぎだ。ってことで、帰社するのもなんだし、よかったらもう一ヶ所付き合ってよ」

「もう一ヶ所？」

「うん。いつも電車から見えて、一度行ってみたかったんだ。あんまり女の人はいないかもしれないけど、きっと藤堂さんは食いつく気がする」

桜木さんがニヤッと笑う。いつも電車から見えて行きたかった場所とは、一体どこなのだろう。あんまり女の人向けじゃない？　私は食いつく？　さっぱり見当が付かなかった。

迷いなく歩く桜木さんの横について市ヶ谷駅に向かった私は、その光景を見て思わず歓声を上げた。そこには私の予想すらしなかった施設があったのだ。

「桜木さん！　釣りだよ、釣り！　釣りをしてる‼」

「うん、釣りだね」

興奮する私を見て、桜木さんはにこにこして頷いた。

なんと、市ヶ谷駅のすぐ脇を流れる川に釣り堀があったのだ。道路から見下ろすと、線路の脇を流れる川に四角い釣り堀があり、沢山の人が釣り糸を垂らしている。近所に住んでいるのか普段着姿のおじちゃんから、サラリーマン風の人、はたまたデート中のカップル達が皆竿を持ち、太公望《たいこうぼう》と化していたのだ。

「私、釣りしたことないです。やりたい！」

「やっぱそう言うと思った。俺も初めて」と、桜木さんが笑う。

駅のすぐ脇にある坂道を下ると、『市ヶ谷フィッシュセンター』と看板が出ていた。受付でお金を払うと釣竿と練り餌というタイプの魚の餌を渡される。基本的に時間制であることや、様々な注意事項の説明を受けて、私達は釣り堀のエリアへと入場した。

私は早速、瓶《びん》ビールを入れる黄色いケースを逆さにしたような椅子に座った。受付で渡された練り餌を指で丸めて釣り針に刺すと、それを見よう見まねで釣り堀に垂らした。背後には中央線が時々走り、こんな都会で釣りとはなんとも不思議な感覚だ。季節柄、少しだけ涼しい、爽《さわ》やかな風が頬を撫でた。

わくわくしながら待つことしばし。ぷかりぷかりと浮く浮きをじっと見守った。しかし、待てど暮らせど引きがない。私は恐る恐る、釣竿を上げてみた。

「あれ？　餌がない」

いつの間にか私の餌はなくなっていた。魚に食べられたのか、水で溶けたのかは謎だ。気を取り直してもう一度餌を付け、釣り堀に垂らす。やっぱり釣れない。

「釣れませんね……」

「魚、いないんじゃないか？」

「いや、あの人とかさっきからめっちゃ釣っていますよ」

私と同じく全く釣れずに口を尖らせる桜木さんは、魚がいないのではと主張しだした。いや、釣り堀で魚がいないのは流石に有り得ないでしょうに。現に、釣り堀を挟んで対岸にいるおじさんはさっきから何匹も釣っているのだ。

「うーん。きっと場所が悪いんだ。あっちに行ってくる」

桜木さんは痺《しび》れを切らしたようで釣りの達人のおじさんの隣に陣取った。それでもやっぱりお魚さんは引っ掛かってはくれなかった。

「くっそ！　絶対に次は釣る」

帰り道、桜木さんはずっと悔しがっていた。一匹も釣れなかったことがよっぽどお気に召さなかったようだ。竿がいけなかったのかもとか、餌を生き餌にすればいけるかもとか、ずっとぶつくさぼやいていた。かく言う私も一匹も釣れなかったけどね。でも、何よりも、ふて腐れる桜木さんがなんだかおかしくて、私は思わず笑ってしまった。

「ふふっ」

「どうしたの？」

桜木さんが不思議そうにこちらを見て首を傾げる。

「いいえ。桜木さんってすごく負けず嫌いだなぁと思って。意外と子供っぽいところもあるんですね」

「え？」

桜木さんは目をぱちくりとした後、バツが悪そうに首の後ろに片手を当てた。よく見るとほんのり耳が赤い。

なんか、可愛いなぁと思って私は口元を綻ばせた。

魚は釣れなかったけど、桜木さんの意外な一面が垣間見られた。

ちらりと横を窺《うかが》い見る。電車の窓の外の移りゆく景色を眺めているのか、桜木さんは外を向いていた。釣られるように視線を向けると、そこにはコンクリートの高層ビル群が建ち並んでいる。

「藤堂さん。困ったことがあったら、遠慮なく言ってね」

「え？」

不意に声を掛けられて、私は顔を上げる。

「行き詰まったときに一人で抱えると、辛くなるだろ？　困ったら、俺でもいいし、新井《あらい》でも尾根川でも、相談して」

にこっと笑いかけられて、確信した。やっぱり桜木さんは今日、落ち込んでいる私に解決のヒントを与えるため、そして、励ますために連れ出したのだろう。本当に優しいな、と思う。

「新宿駅で夕飯食べていく？」

「あ、はい」

乗り換えの駅で振り返った桜木さんが食事に誘ってくれた。今日はお世話になったから、食事は桜木さんの希望を聞いてみよう。

「何か食べたいものありますか？」

「うーん、シチューかな……」

「シチュー？」

予想外のリクエスト。シチューはもう少し寒くなってから食べるイメージだけど、桜木さんはシチューが好きなのだろうか。自然と、仕事以外の桜木さんのことをもっと知りたいな、という思いが湧き起こる。

どんな食べ物が好きで、趣味はなにで、休日はどう過ごしているのだろう。そこまで考えて、ふと立ち止まる。

ああ、私はこの人がきっと好きなのだ。

だから、こんなに気になるのだろう。

人混みの中、遅れた私に気が付いた桜木さんが後ろを振り返る。目が合って桜木さんがにこりと笑った瞬間、胸の鼓動が跳ねた気がした。


桜木さんと番町の物件を確認してから一週間ほど経ったこの日、私はイマディール不動産の接客室で水谷様をご案内していた。

その物件案内を水谷様がご覧になっている間、ぱっと見は澄まし顔をしているはずの私は、内心では吐きそうなくらいに緊張していた。

私が水谷様にご紹介したのは全部で二件。ひとつは練馬《ねりま》区にある六十平方メートルの2LDKの駅近物件。もうひとつは例の番町の物件だ。

練馬区の物件の方は、水谷様が前回ご希望されたものに近い条件で、駅近だ。都心六区ではないものの、昔から閑静な住宅地として人気の地域にある駅近物件のため、大きな値崩れはおこりにくい。

二件目の番町は、言わずもがなで資産性は間違いない。

ちなみに、今回の紹介物件を二件に絞ったのにもわけがある。桜木さんからアドバイスされたのだ。

人は選択肢が多すぎると目移りしてしまい、なかなか一つに決められなくなる。それぞれ特徴の違う選択肢を三つ以内に抑えて提案することで、お客様にとって選びやすい環境を整えるのだという。そのかわり、提案する三つはお客様にとって最もよいと思われるものを慎重に吟味してご提案する。そう言われてみれば、私が今住むマンションを選ぶときも桜木さんは三つしか紹介しなかった。

そのため、私は今回、前回の水谷様の探した条件と近い中で最もお勧めだと思うマンションと、全くタイプの違う番町の物件の二つの物件しかご案内しなかった。

この二件については、事前にメールで情報を送り、お電話でも説明している。そして今日はそれぞれの利点について顔を合わせて説明した。もし、水谷様が興味がないと言えばすぐに引き下がるつもりだが、全くタイプの違う二つを提案するのは弥《いや》が上にも緊張した。

「じゃあ、せっかくだから両方見てみようかしら」

物件案内から顔を上げた水谷様は、私の顔を見るとにこっと笑った。その表情を見て、少しは興味を持って頂けたことに安堵した。

＊　＊　＊

最終的に水谷様が決めたのは、番町の物件だった。

マンションの素晴らしさもさることながら、大手町への通勤のしやすさと、これまでの不動産価格の実績からみた資産性の高さが彼女を後押しした。優秀なビジネスマンでもある水谷様にとって、客観的な分析データは何よりも説得力があったようだ。

正式な不動産売買の契約は日を改めて行われる。

私はこの日を迎えるに当たって、やっぱり購入をやめたいとキャンセルされるのではないかと、それはそれは心配でならなかった。

「こんにちは、藤堂さん」

「ようこそいらっしゃいました。水谷様」

当日、約束の時間にイマディール不動産のオフィスに現れた水谷様を見て、心底ほっとした。私は水谷様を接客室にお通しすると、すぐに上司の板沢《いたざわ》さんを呼びに行った。

売買契約を結ぶに当たっては、それに先立ち重要事項説明というものを行う必要がある。これは、宅地建物取引士が買い主に行うことを法律によって義務付けられており、登記簿に記載されている権利関係、法律に関することなど、買い主が不動産を購入するに当たって知っておくべき重要な事項を説明するのだ。

私はまだ宅地建物取引士の資格を持っていないので、この説明をすることができない。そのため、この説明は上司の板沢さんが行ってくれ、私は同席してそれを横で聞いていた。

「——他にご不明な点はございますか？」

「大丈夫です」

「では、こちらにご署名をお願いします」

全体説明の後、幾つかの確認を終え、イマディール不動産の小さな接客室に紙を捲《めく》る音とカツカツとボールペンを走らせる音が響く。

この作業の次は、売買契約書の作成となる。

この際、手付金として不動産価格の十パーセントと、今回の物件はオーナーさんからの仲介物件だったのでイマディール不動産が仲介手数料として三パーセントを買い主様から頂く。今回は四三八〇万円なので、その十三パーセントの総額は五〇〇万円を超す。私は人生で初めて、本物の預金小切手というものを目にした。

全ての作業が終わり、私は水谷様をお見送りするため、オフィスの外に出た。水谷様はクルリと振り返ってこちらを見た。

「あそこに住むのが、今から楽しみだわ。ありがとう」

「お力になれて、本当によかったです」

私は頭を下げ、お辞儀をした。

顔を上げると、水谷様は晴れ晴れとした表情でこちらを見つめていた。

「私、あなたにお願いしてよかったわ。大手じゃないし、大丈夫かなって最初は少し心配していたの。でも、凄く素敵なおうちが見つかって本当に満足。いつか買い替える時がきたら、また藤堂さんにお願いするわ」

にこりと微笑んで最後に言われた言葉に、胸が熱くなった。頑張ってよかったなと、心から思った。

「この度は誠にありがとうございました」

私はもう一度深々とお辞儀をして、水谷様の背筋がまっすぐに伸びた後ろ姿が見えなくなるまで見送った。


オフィスに戻ると、私は綾乃さんと桜木さんにお礼を言った。あの時、綾乃さんが背中を押してくれなかったら、そして、桜木さんがアドバイスをしてくれなかったら、私は今日も契約件数ゼロの記録日数を更新していたことだろう。

「綾乃さん、桜木さん、契約取れました。やりました」

お礼を言いながら、なぜか感極まってきてボロボロと涙が溢《あふ》れ出した。

「藤堂さーん、泣かないでー！　よしよし、頑張った。今日はお姉さんが飲みに連れて行ってあげるから！」

綾乃さんが私の背中を擦る。やっぱり今日も綾乃さんの中では飲みに行くことが決定したようだ。

「藤堂さん、おめでとう。頑張ったね」

桜木さんが労《ねぎら》いの言葉を掛けてくれた。

「そうよ。藤堂さんは頑張ったの。見てよ、この初々しさ。毎月何件も契約取ってきても澄ました顔をしている桜木とは大違い」

「俺にも感動して泣けってのか？」

「いいねぇ、桜木の泣き顔。インスタにあげとく」

「やめろ。泣かねえし」

「じゃあ、桜木が大物になったらそれをネタに揺する。桜木がうら若き後輩女性社員を泣かせた図」

「マジか、そっちなの？」

にやにや顔の綾乃さんと顔を顰《しか》める桜木さん。いつものように阿吽《あうん》の呼吸でやり合うこの二人に、私は思わず噴き出してしまった。

「お二人とも、本当にありがとうございました。これからも頑張ります」

泣き笑いする私を見て、二人はキョトンとした顔をした後にこりと笑ってくれた。

藤堂美雪、二十七歳。社会人六年目にして、これまでの社会人人生で一番嬉しい日だった。

四、宅地建物取引士

道路に面した一面だけはガラス張りの、四階建てのオフィスビル。二階の窓際には観葉植物が飾られているのがガラス越しに見える。その建物の一階のドアを開けると、私は元気よく挨拶をした。

「おはようございます！」

「おはよー」

「おはよう」

既に出社していた桜木《さくらぎ》さんと綾乃《あやの》さんと「おはよう」と声を掛け合った。自席に着くと、まずはパソコンのスイッチを入れる。そして、自分は給湯室へ。パソコンが完全に起動するまでの時間を利用して、給湯室でコーヒーを淹れるのだ。インスタントコーヒーの粉を入れたマグカップをポットの下に置く。白い蒸気とお湯の注がれる音とともに、コーヒーの香りが漂った。

コーヒーの入ったマグカップを持って自席に戻ると、私の相棒《パソコン》は準備オッケーな状態になっている。

私はマグカップをデスクに置き、ワークチェアに腰を掛けた。青いワークチェアは人間工学がなんたらかんたらという、社長イチ押しの一品だ。

いつものようにパソコンにＩＤとパスワードを入れていると、横から視線を感じて私はそちらをパッと見た。綾乃さんが神妙な面持ちで、じっとこちらを見ている。

「？　どうかしました？」

「なんか……藤堂さんが最近綺麗になった気がするのよ」

「え？」

狼狽《うろた》える私に、椅子に座ったままで綾乃さんはずいっと間合いを詰めた。綾乃さんのファンデーションのノリ具合がしっかり見えてしまうほどの距離の近さ。

「うん、間違いないわ。綺麗になった。前より垢抜《あかぬ》けたと言うか……ねえ、桜木もそう思うでしょ？」

綾乃さんは自分の正面に座る桜木さんに話を振った。

突然綾乃さんから話を振られた桜木さんは、パソコンから顔を上げて困惑した表情を浮かべている。それでも、次の瞬間には話題になった私の顔を見た。黒目の大きな切れ長の瞳がこちらを見つめる。桜木さんにまっすぐに見られて、私は顔が急激に赤くなるのを感じた。

いつも見つめられたいとは思っているけど、これは何かが違う。晒《さら》し者にされたような恥ずかしさを感じる。

「うーん、……そう…かな？　元々綺麗だと思うけど？」

「はぁ？　あんたの目、節穴？　元々綺麗が益々《ますます》綺麗になったの！　不動産にしか審美眼が働かないの？」

「え……？」

「あ、綾乃さんっ！」

綾乃さんが眉を寄せて桜木さんに文句を言う。私はそれを慌てて止めた。いや、もう居たたまれないからやめてくれ。

正直言うと、私の顔を見たまま眉根を寄せた桜木さんを見て、嬉しさ半分、落胆半分だ。

『元々綺麗』と言われてお世辞でもめちゃくちゃ嬉しい。でも、ここは嘘でも『益々綺麗になった』と言ってほしかった。

そんな私の心の内など知るよしもなく、桜木さんはじっとこちらを眺め、更に目を細めた。私は自分のまわりに視線を走らせ、咄嗟《とっさ》にデスクの脇に置いてあったファイルで自分の顔を桜木さんからパッと隠した。

「あ、ほら。審美眼がない先輩だから嫌われたー」

綾乃さんがからかうように桜木さんに言う。

デスク越しに物凄い視線を感じる。美術品を鑑賞するというよりは、珍獣を観察するような視線。私は耳にかけていた横の髪の毛をおろすと、いつもより顔が隠れるように髪形を直したのだった。

実は、綾乃さんの指摘通り、最近色々と頑張っている。

朝の髪の毛のセットも念入りにしているし、雑誌のメイク特集を見ながら自分なりにメイクの練習をしたり、つい先日は生まれて初めてまつげエクステをしてみたりもした。

何色ものアイシャドーを重ねると、奥二重のすっきりとした目元がいつもより大きく見えた。自慢の白い肌にピンクのチークをのせると、表情が明るく見えた。化粧品コーナーの美容部員さんと選んだローズレッドのリップグロスは唇を艶やかに彩った。エクステで付けたお人形のように長いまつげがくるりと上を向いて、気分も上がる。

なぜって？

そりゃあ、好きな人に少しでも可愛いと思われたいというのが乙女心でしょう？

綾乃さんが気付いてくれたのだから、少しは効果があったのだと思う。けれど、肝心の私の好きな人は、さっきから私が以前に比べて綺麗になったかどうかさっぱり分からないといった様子で眉根を寄せている。

うーむ、まだまだ努力が足りないようだ。

「ねえ、藤堂さん。二十七歳ってね、女の人が一番綺麗な時期なんだって」

髪で顔を隠して俯《うつむ》き加減でメールチェックをする私に、綾乃さんがコソッと話しかけてきた。私は綾乃さんを見て首を傾げた。

「そうなんですか？　初めて聞きました」

「昔、一緒に働いていた先輩に言われたの。外面の美しさと、内面の美しさが一番バランスよく磨かれるんだって」

うふふっと綾乃さんは楽しそうに笑う。確かに、二十代も終わりに近づいてくると、学生の頃よりは落ち着いたとは思う。

「じゃあ、この後は下降傾向？」

「ちがーう！　何言ってんの！　外見の加齢はともかく、内面の美しさは何歳まででも美しくなるんだよ。若いときにはなかった心の成長みたいな？　ほら、女優さんとかで歳取っても落ち着いた美しさがある人って多いでしょ？　何歳だって、年相応の美しさがあるんだよ」

悪い方に捉えた私を見て、綾乃さんは頬を膨らませた。

「とにかく、私は、藤堂さんは綺麗になった気がするってことを言いたかったの！」

それだけ言うと、綾乃さんは自分のパソコンをカタカタと操作し始めた。

『年相応の美しさ』と聞いて、すぐに私の脳裏には先日ご成約頂いた水谷様の顔が浮かんだ。凛とした佇《たたず》まいと、ピンと伸びた背筋、落ち着いた口調。きっと、彼女のあの美しさは、彼女自身の努力と経験に裏打ちされた自信からきている。

私は隣の席の綾乃さんを見た。綾乃さんも、とても綺麗な人だ。見た目が綺麗なのはもちろんだけど、親切で優しいし、常に自分の考えを持っている。

私も次の誕生日が来たら二十八歳になる。上っ面の見た目だけでなく、中身も磨かないとならないようだ。

でも、中身ってどうやったら磨かれるのだろう？　読書？　勉強？　マナー講座⁇

「私も綾乃さんみたいに綺麗になれるように頑張ります」

私が小声で綾乃さんにそう伝えると、綾乃さんは目をぱちくりとしてから、照れくさそうに笑った。

「ありがと。藤堂さん、好きな人でもできたの？」

「え？　いないですよ」

私は両手を目の前でブンブンと振って、綾乃さんの質問を、咄嗟に否定してしまった。

好きな人はあなたの目の前にいる。まさに真正面の席だ。だけど、ここで『実は……』とぶっちゃけカミングアウトできるほど、私は神経図太くない。

「そうなの？　なんだ。綺麗になったから、好きな人でもできたのかと思った」

綾乃さんは屈託なく笑う。さすが、女性だけに同性のことに対して鋭い。

パッと視線を移動させると、デスク越しにじーっとこちらを見つめる桜木さんとバチッと目が合った。

「ほら、もうすぐ宅建試験があるじゃないですか。だから、それどころじゃないです」

私はあははっと笑い、頭の後ろに片手を当てながらそう言った。

「ああ、そっか。来月下旬だっけ？　頑張ってね」

桜木さんは思い出したようにそう言い、ニコッと笑った。

桜木さんの笑顔、格好いいなぁと密かに心の中で悶絶。初めて会ったときはちょっと格好いい人程度の印象しかなかったのに、今やめちゃくちゃ格好よく見えるのは恋の為《な》せる業か。

ああ、神様、ありがとう。今日も頑張れる気がするわ。

しかしながら、桜木さんのご指摘通り、宅建試験まではあと一ヶ月を切っている。あと少し、ラストスパートをかけて私は勉強しなければならない。恋に現《うつつ》を抜かしている場合ではないのだ。

「はい。勉強頑張ります」

私は元気に笑顔で返事する。

――それに、あなたに少しは綺麗になったと気付いてもらえるように、頑張ります。

心の中でこっそり呟いた。


朝起きて窓を開けると少しだけひんやりした風が頬を撫でる。ついこの間まで日中の気温が三日連続三十五度を超えただとか、どこぞで過去最高気温を更新したとかで世間は賑わっていたのに、いつの間にか秋の足音は着実に近づいていた。私はしばらく窓を開け放って空気の入れ替えをすると、ぱたんと窓を閉めた。

「夏も終わりかー」

ベランダを眺めたまま独りごちた。物干し竿にぶら下げた雑巾がゆらゆらと風に揺れている。ここに住み始めたときはまだ春だったのに、時が経つのは早いものだ。

ぼんやりしているとスマホがピピッと鳴る音が聞こえ、慌ててアラームを止めた。時刻は『AM 7：00』を示している。

「やばっ、遅れちゃう！」

大急ぎで顔を洗い、パジャマ姿から私服に着替えた。

今日は日曜日。いつもなら九時近くまでのんびりと寝ているけれど、今日はそういうわけにはいかない。なぜなら、今日はお出かけする予定なのだ。その行き先は『目《め》黒《ぐろ》のさんま祭り』だ。

実は、目黒駅は私の住むマンションからさほど遠くない。距離で言うと二キロくらい。自転車なら十分で行けるし、頑張れば歩ける距離なのだ。

先日、テレビの夕方のローカルニュースで『目黒のさんま祭り』の存在を知り、行かなかったことを悔やんでいたら、前に座る尾根川《おねがわ》さんが目黒のさんま祭りは二回開催されることを教えてくれた。一回は九月上旬に目黒駅前の周辺で行われる、私がテレビで見たものだ。もう一回は目黒川沿いにある、目黒区の区民施設で行われるらしい。なぜ目黒でさんま？　と不思議に思ったが、これは『目黒のさんま』というある落語に由来するらしい。

この二つは全く別の独立したお祭りのようだが、どちらも無料でさんまが配布される。そして今回のものは区の施設で行われるが、区民以外も参加可能と聞き、参加することにした。

だって、気仙沼《けせんぬま》産のさんまの炭火焼きだよ？

無料だよ？

絶対に美味《おい》しいに決まっている！

それに、さんまに多く含まれるＤＨＡなるものは記憶力向上効果があるらしいから、宅建の勉強をする今の私にはぴったり！

なんて、後付けの言い訳も思い付いた。

事前にホームページで調べ、十時過ぎから五〇〇〇匹のさんまが配布されることを把握していた私は、九時過ぎには家を出発し、十時の五分前には到着した。しかし、そこで言われたのは思いがけない言葉だった。

「おねーちゃん、悪いね。もう配布数量終わっちゃったんだよ」

ねじりはちまきをした日焼けしたおじさんの言葉に、私は目が点になった。

「配布って、十時からですよね？」

「そうだよ。でも、電車の始発で来て待っている人も多いからねー」

「そうですか……」

なんということだ。

要するに、私は出遅れたらしい。目の前には広場で炭火焼きの準備をする人達。本当に、なんてこった。今からここで五〇〇〇匹のさんまが美味しく焼かれるというのに、目の前でお預けとは！

項垂《うなだ》れる私に、ねじりはちまきのおじさんが申し訳なさそうに眉尻を下げた。

「あっちの建物の裏で屋台やイベントもやっているから、よかったら見て行ってよ。楽しめると思うよ」

「はぁ……ありがとうございます」

いや、もう燃え尽きた。

朝っぱらから燃え尽きたよ。

休日の朝早くに起きて、やる気満々でさんまを食べるためにてくてくと歩いて来たのに……まさかのお預け状態とは！

しかし、ねじりはちまきのおじさんに罪はない。私はおじさんにお礼を言うと、教えられたイベント会場に向かうことにした。

この区民施設はちょうど、目黒川を挟むように位置しているようだ。さんまの配布場からイベント会場に向かう途中に橋があり、橋の下は目黒川だった。

東京都世田谷区《せたがや》、目黒区、品川区《しながわ》を跨《また》ぐように流れるこの川は、川底も川岸も全てコンクリート壁で覆われ、下を覗き込むと水も殆《ほとん》ど流れていなかった。崖のように垂直な川岸は、五メートル以上はありそうに見え、川に人が入ることを物理的に拒絶している。

目黒川と言えば都内有数の桜の名所だ。私はてっきり、せせらぎの音がする川の岸辺に桜並木があるのだと思っていた。

広尾のイマディール不動産の近くを流れる渋谷川を広くしたような川の構造は、イメージとだいぶ違う。けれど、まっすぐな川の切り立つ人工壁の上には遥か遠くまで桜並木が続いていた。きっと、春にはこの川面をピンク色に染め上げるのだろう。

屋台では各地の物産品や、ちょっとした食べ物が売られていた。ステージでは子供達がフラダンスを披露している。首に花をかけて、満面に笑みを浮かべて。見ていたらハワイに行きたくなった。ハワイに行ったことなんて、一度もないけど。

時計を見ると、まだ時刻は十時半だ。このまま帰宅するのもなんだか悔しいし、私は前々から行きたいと思っていた場所を見に行くことにした。それは、目黒駅から目黒川を交差するように通っている目黒通りという幹線道路。

実は、目黒通りの目黒駅から自由《じゆう》が丘《おか》駅の方向に進むエリアは家具屋さんが集中しており、通称『インテリア通り』と呼ばれている。

リノベーション物件を売り出すときは家具付きで売ることも多い。そこで気付いたのだが、家具ひとつで部屋の印象はだいぶ変わる。アットホームな雰囲気だったり、クールな雰囲気だったり。そんなこんなで、最近お洒落《しやれ》なインテリアに興味津々の私は、インテリア通りをウインドウショッピングすることにした。

　インテリア通りでは、片側二車線の道路の両側にインテリアショップが点在している。通常の家具屋から、北欧風などのコンセプトを決めて家具を集めているお店、アンティーク調のお店など様々だ。各店ともにオーナーさんのセンスが光っており、見ていて全く飽きない。こんな家具を揃えたいなぁ、なんて、想像が膨らんだ。

　最後に入ったお店は、照明専門のお店だった。店の中にあるのは暖色系を中心とした照明器具の数々。シャンデリア風や、ランタン風、花などを模した変わり種まで揃っていた。

　そこでシェードに絵が描かれており、電気を灯すと影絵になるミニスタンドライトを見つけ、私は目を奪われた。シェードの厚さを変えることで、透過する光量を調整して絵を浮き上がらせるのだ。

「そちらの商品は今、その一点のみになっています。可愛らしいですよね」

店員さんが気さくに話しかけてきた。値札を見ると、『¥6000』と書いてある。確かに可愛らしいけど、どうしようかな。私が迷っていると、店員さんが奥に行き、また戻ってきた。

「今ならこちらのLED電球もお付けしますよ」

「買います！」

我ながらチョロい客である。でも、凄く気に入ったので後悔はなかった。

帰り際は目黒駅前のスーパーに寄って夕食の買い物をした。何を買ったかって？

それはもちろん、生さんまにかぼす、おろし用の大根だ。

家に帰り、試しにカーテンをしめて買ったばかりのランプに灯りを灯すと、部屋の壁にはぼんやりとヨーロッパ風の街並みが浮かび上がった。空には妖精（？）が飛んでいる。

「可愛いなぁ」

思わず独り言を言ってしまうほどの可愛らしさ。普段使いにはやや暗すぎるけど、可愛らしさには文句なし。今日は寝る前に、このランプを灯してアロマでも焚こうかな。

でも、その前に。午後はしっかりと勉強して、夕食は自宅でビール片手にさんまパーティーをしよう。


十月も下旬のとある日曜日。

私は緊張の面持ちで都内にある私立大学に向かっていた。今日はいよいよ、ここで宅地建物取引士の試験があるのだ。

会場の手前の歩道ではスーツ姿の人達が沿道に立ち、何かを配っていた。受け取ってみると、ピンク色のそのチラシには『直前チェックポイント』と書かれていた。色々な塾のスタッフの方達が、テスト直前のチェックシートなるものや、さっそく今夜開催されるテスト解説授業の案内を配っているようだ。私はそれを幾つか受け取ると、くるりと丸めて鞄に突っ込んだ。

大学の敷地に入ると人の流れについて行き、校舎の前で自分の受験番号を確認して受験会場の部屋を探した。受験会場の案内には九号館と書いてあり、随分と沢山校舎がある大学なのだなと驚いた。

少し古い校舎の講義室で自分の受験番号が貼られた座席に座った私は、鞄を漁ってテキストを取り出した。何回も繰り返し読み込んだテキストは角がぼろぼろになっており、何枚も折れ曲がった付箋《ふせん》が飛び出している。私はその付箋が貼られた部分をもう一度読み返した。

【問】

Aは、Aが所有している甲土地をBに売却した。この場合に関する次の記述のうち、民法の規定及び判例によれば、誤っているものはどれか。

1　甲土地を何らの権原なく不法占有しているCがいる場合、BがCに対して甲土地の所有権を主張して明渡請求をするには、甲土地の所有権移転登記を備えなければならない。

2　Bが甲土地の所有権移転登記を備えていない場合には、Aから建物所有目的で甲土地を賃借して甲土地上にD名義の登記ある建物を有するDに対して、Bは自らが甲土地の所有者であることを主張することができない。

3　Bが甲土地の所有権移転登記を備えないまま甲土地をEに売却した場合、Eは、甲土地の所有権移転登記なくして、Aに対して甲土地の所有権を主張することができる。

4　Bが甲土地の所有権移転登記を備えた後に甲土地につき取得時効が完成したFは、甲土地の所有権移転登記を備えていなくても、Bに対して甲土地の所有権を主張することができる。

（令和元年度　宅地建物取引士資格試験より引用）

例えばこんな試験問題は、知っていれば当たり前のように分かる問題だ。けれど、知らなければ全く分からない。当然私も、勉強を始めたばかりの頃はさっぱり分からなかった。

得点源の頻出とされる問題は絶対に落とさないように何回も繰り返しチェックし、過去問や予想問題もできるだけ得点を取れるように真剣に取り組んだ。テキストも読んだし、やれることはやったと思う。はっきり言って、こんなに勉強したのは学生時代以来だ。

しばらくすると試験官の方が筆記用具以外は鞄の中にしまうように指示を出し、問題が配られる。白い小冊子を受け取ると、嫌でも緊張した。

試験開始の合図があり、私は鉛筆を握る。鉛筆に刻印された『学業成就』の文字が目に入った。

「マークシートの試験は、鉛筆の方がいいらしいです」

先日、イマディール不動産で尾根川さんと話しながら、私はそんなことを口走った。マークシートの試験は鉛筆で受けろと高校の時の先生が言っていたのを思い出したのだ。

「へえ。なんでだろう？」と、尾根川さんは首を傾げる。

「シャーペンよりも鉛筆の方が、マークが塗りやすいからって。高校の時の先生が言っていました」

私は尾根川さんに説明する。けれど、たぶんほんの気休め程度の差だ。そんな話をしたことはすっかり忘れていた私だけれど、後日、桜木さんに「はいっ」と封筒サイズの白い紙袋を差し出された。

「なんですか、これ？」

「鉛筆。学業成就の。湯島天神《ゆしまてんじん》の近くの物件を見に行ったから、ついでに買ってきた」

袋を開けて中を見ると、白い紙で束になった、一ダースの鉛筆が入っていた。『学業成就』の黒い文字と勉強に挑むための格言まで入っている。さすがは学問の神様。『日々の努力』とか、『一歩一歩進め』とか、結構ずしっとくる。

「わあ、すごい」

「この前、藤堂さんがマークシートは鉛筆がいいって言っていただろ？」

桜木さんが聞いていたとは思っていなかった私は驚いた。

「聞いていたんですか？」

「隣で盛り上がっていたからね。聞こえた」

桜木さんは笑いながら、尾根川さんにも同じ紙袋を手渡す。そのとき、私は桜木さんがもう一袋同じものを持っていることに気付いた。

「それは？」

「これ？　自分の分」

「桜木さんの？　何か勉強しているんですか？」

「ちょっと、ね。日々、勉強だよ」

桜木さんはそう言って、屈託なく笑った。

問題を読んでいる最中に、まわりからパラッと問題のページを捲《めく》る音がすると、弥《いや》が上にも焦りが生まれる。そんな自分に、私は「大丈夫。大丈夫」と言い聞かせた。

ここまで、平日の夜や土日は忙しくても必ず勉強時間を確保して頑張ってきた。事前に実際に時間を計って模試を解く練習もした。焦るな、大丈夫だ。あんなに勉強したんだから、きっと大丈夫。私は何度も自分にそう言い聞かせた。願掛けのように、鉛筆の学業成就の文字を指でなぞる。

すぐに焦りそうになる気持ちを落ち着かせて、目の前の問題だけを見た。頻出問題で見覚えがあるものもあれば、四つある選択肢のうち二つで迷うもの、はたまた全く見覚えがないものもあった。

残り時間十五分を残して全部の問題を終えた私は、迷った問題をもう一度読み返した。

「終わり。筆記用具を置いてください」

試験官の方が終わりの合図をして、鉛筆を机に置く。正直、分からない問題も幾つもあった。けれど、この五ヶ月間自分なりに頑張ったつもりだったので、試験を終えた私はとても晴れやかな気持ちだった。

その日、私は少し寄り道して帰ることにした。

恵比寿駅で下車すると、駅ビルに直結した商業施設、アトレ恵比寿で秋から冬物の洋服などを見て、気に入ったものを二着ほど購入した。秋冬向きの暖色カラーのニットとスカートで、明日の通勤から早速大活躍してくれそう。結果も知らないくせに気が早いけど、今日まで頑張った自分へのご褒美だ。

その後、私は同じ商業施設の地下にあるスーパーマーケットに立ち寄って食材の買い出しをした。最近は会社から帰った後は勉強していて自炊していない。久しぶりに料理をしようと思ったのだ。

帰り道には駅から少し歩いたところにある、最近人気のタピオカミルクティーのお店に行き、看板メニューのタピオカミルクティーを注文した。店の外では購入したばかりのタピオカミルクティーをスマホで撮影している女の子が何人もいる。きっと、SNSに上げるのだろう。印象的なロゴが付いた透明カップに黒く大きい丸が沈むミルクティーは、たしかに写真映えしそうだ。太いストローでクルリと回すと、黒い丸がゆったりとミルクティーの中を浮いては沈んだ。

「ん、おいし」

タピオカがすっごくモチモチしていて美味しい。タピオカのサイズがコンビニのそれとは全然違うし、モチモチ具合が尋常じゃない。紅茶もスッキリとして飲みやすい味わいだった。いわゆるダージリンやアッサムティーといった一般的な紅茶というよりは、中国茶のような味わい。流石《さすが》に人気のお店だけある。私はそれを片手に持ち、のんびりと歩いて家路へとついた。

家に帰ると、久しぶりにグラタンを作った。秋らしくカボチャとキノコのクリームグラタンだ。ツーンとする目の痛みに耐えながら玉ねぎを薄切りにスライスし、フライパンでしっかりと炒める。玉ねぎを飴色になるまで炒めるのは手間だけど、手間を掛けたからこその美味しさがそこにあるのだ。

ホワイトソースはバターを溶かして小麦粉と牛乳を混ぜて作る本格派だ。案の定、作ったホワイトソースは沢山余ってしまったけれど、それは今度クリームシチューにでもしようと思う。グラタンに入れるカボチャやキノコも全て旬のものを購入した。

オーブンレンジを開けると表面にのせたチーズの焦げた芳《こう》ばしい香りがした。表面には焦げ目がつき、中はトロリと垂れる熱々のそれを私はスプーンで掬《すく》い、フーフーと冷まして一口だけ食べた。

「んー。私、天才かも」

我ながら、なかなかの出来栄えだと思う。カボチャのホクホク具合と、キノコの食感と、ホワイトソースの蕩《とろ》け具合が絶妙だ。マカロニと刻んだ鶏胸肉もいい具合に絡み合っている。味付けもいい感じ。

上手にできたから、桜木さんに食べてもらいたいな、なんて思ったり。

あの時みたいに『凄く美味しい！』って言って、笑ってくれるだろうか。そう言ってくれたら、嬉しいなぁ。きっとこのホワイトソースなんて全部なくなっちゃうだろうな。

それを想像して一人ニヤニヤしている私はきっと、傍《はた》から見られたら完全に怪しい女だっただろう。

美味しく夕ご飯を頂くと、いつの間にか解答速報の授業の時間になっていた。気合を入れて夕ご飯を作っていたので、すっかりと時間が経つのを忘れていた。

私は慌てて食器を片付けてパソコンを開くと、生中継の解説授業の様子を食い入るように見つめた。

五、これより良い物件はございません！

宅建試験の終わった翌週、私は尾根川《おねがわ》さんとどの問題が難しかったね、なんて話題で盛り上がりつつも、日常業務に取り組んでいた。

水谷《みずたに》様のご契約を頂いた以降、私はもう一件ほど契約に持ち込むことに成功していた。とは言っても、私の営業スキルが向上したと言うよりは運がよかっただけだ。お客様がホームページを見て指定した物件にお連れしたところ、そのまま成約となったのだ。

でも、成約は成約。嬉しくないと言えば嘘になる。実を言うと、めちゃくちゃ嬉しい。この調子で最低でも月に一～二件はコンスタントに成約できるようになりたいと思った。

そんな中、私は接客室でお客様――佐伯《さえき》様と向き合っていた。

「やはり、現状維持でのご売却をご希望ですか？」

「ええ。短期間に転居するのもリフォームするのもお金がかかりますからね」

何回目かの確認に、目の前の佐伯様ははっきりと言い切った。

イマディール不動産では中古物件をリフォームやリノベーションして高く売却することを得意としている。しかし、お客様の中には、リフォームやリノベーションをしたがらない方もいらっしゃる。

リフォームやリノベーションするためには売る前に自分が別の場所に転居する必要があるし、お金がかかる。リフォームやリノベーション費用は、物件をイマディール不動産で購入した場合はイマディール不動産で負担するが、オーナーさんが保有したままの場合はオーナーさんが負担する。

その数十万円から高い場合は一〇〇〇万円を超えるリフォーム、リノベーション費用の負担を嫌い、現状維持のまま、即ち、住みっぱなしのままで売却をご希望される方も多いのだ。

「ハウスクリーニングはしたんですよ。もっとそちらが頑張って売ってくれないと困りますよ」

そう言って佐伯様はコーヒーをごくりと飲んだ。

「はい……」

怒るわけでもない、落ち着いた冷ややかな口調に、胃がキリキリと痛む。お昼に何か変なもの食べたっけ？　いや、このタイミングだし、原因は目の前のこの方か。

頑張ってくれないと困ると言われても、こっちにも色々と言いたいことはある。まあ、お客様に向かってそんなこと、当然言えるわけがないんだけどね。

佐伯様の物件は、既に売り出しから三ヶ月が経過していたが、未だに買い手がつかない。今日の打ち合わせに際し、少しばかりの値下げ、もしくはリノベーションをすることを再度こちらから提案したのだが、やはりよい返事は得られなかった。

リフォームやリノベーションを渋るお客様に、こちらがそれを強要することはできない。となるとそのまま売るわけなのだが、これがなかなか難しいのだ。同じ中古物件でも、かたや新築みたいにピカピカの物件と、かたや薄汚れてフローリングに傷が付いていたり、生活感が溢《あふ》れている物件。

買う方は何千万円も支払うのだから、そのマイナス要素が購入希望のお客様に与える心理的影響は大きい。

「では、現状でのお写真を撮らせて頂きまして、物件情報を近々更新させて頂きます」

「よろしくお願いしますね」

「はい。内覧のお客様がいらっしゃいましたら、ご連絡させて頂きます」

佐伯様は笑顔で頷《うなず》かれると、イマディール不動産を後にされた。やっと帰ってくれたと、胃に刺さった棘が何本か抜け落ちるのを感じる。

私は表に出て佐伯様の背中をお見送りした後、資料の残る接客室に戻った。そして、物件情報をもう一度読み返す。

住所は渋谷《しぶや》区広尾《ひろお》。築三十六年、十一階建てのマンションの四階だ。駅までは徒歩九分とそこまで遠くはないし、駅からは大通りを通るので夜も道は明るい。管理体制はそこそこで、昼間は管理人さんがいて、夜は無人になるが、オートロックが付いている。条件はなかなかいいと思う。

ただ、最大の問題は内装だと思った。築三十六年。建ったのは昭和の時代、バブルよりさらに前だ。この時にはまだ多かった、玄関を開けたらすぐにダイニングキッチンが広がる間取りは流行遅れだと言わざるを得ない。キッチンの壁にガス給湯器があったり、お風呂もコンクリート床にバスタブが置かれていたりと水回りも古く、至る所に古さを感じさせた。

「うーん、勿体《もったい》ないね。五〇〇万円かけてリノベすれば、上手く行けば一〇〇〇万円上乗せできるかもしれないのに」

私からその話を聞いた桜木《さくらぎ》さんは、眉を寄せて頭の後ろで手を組んだ。

「そうなんですよ。でも、何回かご提案したんですけど、住んでいるうちに売却をご希望みたいで」

「そっか。じゃあ、仕方ないね」

残念そうに眉尻を下げる桜木さんに、私も同意の意味を込めて少しだけ肩を竦《すく》めて見せた。本当に残念だ。でも、お客様がそれをお望みなら、そうするしかない。

「藤堂《とうどう》さん、大丈夫？　俺が担当代わろうか？」

私はよっぽど暗い表情をしていたようで、桜木さんは心配そうに私の顔を覗き込んだ。

「大丈夫です。ご心配おかけして申し訳ありません」

「そう？　無理だと思ったら遠慮なく言ってね」

こちらを見つめる桜木さんの眉間が、僅《わず》かに寄っている。きっと、職場の先輩として心配してくれているんだろう。

優しいなぁ。あなた、これ以上私を惚れさせて一体どうするつもりですか？　と聞きたいくらいだ。聞けないけど。

かわりに私が「頑張ります」と元気よく笑顔で返事すると、桜木さんも釣られるように少しだけ笑ってくれた。

貴重な桜木スマイル、頂きました！

これで今日も私は頑張れそう。

接客を終えて少しだけ時間に余裕ができた私は、オフィスの端に置かれたレジ袋を持って外に出た。

今月末はハロウィンなので、その飾り付けに、レジ袋に入っていたオレンジ色のカボチャとコウモリのオブジェをオフィスの入り口付近に置いた。十月下旬ともなると外の風はだいぶ涼しくなる。僅かに吹く風は肌に触れるとひんやりとした。

＊＊＊

「trick or treat !」

「もちろん、トリートよ。はい、どうぞー」

小さなモンスターに脅《おど》されて、私はお菓子の袋を差し出す。十円の駄菓子をいくつか詰め合わせたそれは、イマディール不動産の広告入りだ。お菓子の袋を受け取った子供達は、それを持っている袋に入れると、満足げな表情を浮かべて次のお店へと向かう。

十月の最終日はハロウィンだ。

田舎《いなか》育ちのせいか、私が子供の頃は、ハロウィンはそれほど一般的に浸透した行事ではなかった気がする。けれども、いつの間にやらどんどん広まって、今や日本国民の一大イベントに成長したらしい。ニュースではバレンタインの経済効果を超えたと言っていた。

イマディール不動産がオフィスを構える広尾では、外国人居住者が多いこともあり、ハロウィンはとてもメジャーなイベントのようだ。夕方になると、辺りの住宅街には可愛らしいモンスター達が至るところに出没し始める。その仮装した子供達は住宅街から流れて商店街の中までやってきて、「お菓子をくれなきゃ悪戯するぞ」と、なんとも可愛らしい脅しをしてくるのだ。地域に馴染んだこの商店街らしい光景だ。

「あの子、袋パンパンだったねー」

「そうですね。沢山回ったんでしょうね」

一緒に対応する尾根川さんと話しながら、私は先ほどの子供を思い出して頬を緩めた。小さなスパイダーマンは、持っていた白の巾着の袋にお菓子を詰め込みすぎて、まるでサンタクロースのようになっていた。

「これ、自分も子供の頃にやりたかったなぁ」

「やらなかった？」

「え？　やらないですよ。尾根川さんが小さい頃、ハロウィンはありました？」

「なかったと思う」

「よかった。うちが田舎だからなかったのかと、ちょっと焦りました」

私達は顔を見合わせてあははと笑う。そんな立ち話をしていると、こっそりと近づいてきた魔法使いに「お菓子をくれなきゃ魔法をかけるぞ！」と脅された。

「それは困った。これでご勘弁を」

「よし。勘弁してやろう」

お菓子の袋を差し出すと、嬉しそうに笑い、手を振って去ってゆく。その次に来たのはプリンセスだった。ドレス姿にティアラをつけて、「trick or treat !」。なにこれ、可愛すぎるんですけど。

怖いけれど可愛らしい、ちょっと心がほっこりとした秋の夕暮れだった。

十一月に入ると、朝晩の気温はぐっと下がる。ジャケットを着るだけだと少し肌寒いけれど、コートを着るにはまだ早い。毎年毎年、この季節になると着る物に迷う。一体全体、去年の私は毎日何を着ていたのだろうかと、毎年同じようなことに悩んでいる気がする。

そんな肌寒い中、リノベを終えた物件の確認から戻ってきた私は、駅からオフィスまでの道を足早に歩いていた。なぜ足早かって、それは寒いからですよ。風が吹くと首や袖の隙間から冷気が入り、その冷たさにぶるりと震える。

大急ぎでオフィスに戻ってきた私は、到着直前、オフィス前の物件案内を眺めている中年の男性の後ろ姿に気付いた。男性は物件案内を見ながらも、チラチラとガラス張りの中を窺《うかが》っているようにも見えた。

「こんにちは。物件をお探しですか？　ここに出ていないものも沢山あるので、よろしければご紹介しますよ」

私はその男性に声を掛けた。男性はハッとしたようにこちらを向き、私の顔を見た。年齢は四十代後半くらいだろうか。眼鏡《めがね》をかけた、中肉中背の大人しそうな雰囲気の男性だ。

「あの……、希望を言えば探してもらえるんですか？」

男性はおどおどとした様子で、そう言った。私はにっこりと微笑む。

「もちろんです。お客様の理想のおうち探し、お手伝いさせて頂きます」

＊＊＊

私はアンケート用紙に目を通しながら、先ほどの男性——久保田《くぼた》様と接客室で向き合っていた。

「ご家族四名様で住まれるマンションをご希望ですね？　間取りは３ＬＤＫ、ご予算は五〇〇〇万円……失礼ですが、場所はこのエリア限定ですか？」

「はい。子供が学校を転校したくないと言っていますし、妻も一から新しい土地で近所付き合いするのは煩《わずら》わしいと言っていますから」

「つまり、エリアは譲れないということですね？」

「はい。そう考えています」

「なるほど。承知いたしました」

私は承知したことを伝えるためにしっかりと頷いて見せる。

久保田様がご希望されたエリアは広尾から恵比寿《えびす》にかけての、まさにイマディール不動産がある辺りのエリアだった。先日のハロウィンでお子さんが持ち帰ったイマディール不動産の広告を見て、散歩ついでに店前で物件案内を見ていたと言う。

今現在、久保田様は勤務先の社宅に入居しているものの、社宅取り壊しのため今年度中に退去する必要があり、物件を探しているそうだ。

「ご希望に合う物件がありましたら、ご連絡させて頂きます」

「お願いします」

久保田様は何度か頭を下げ、イマディール不動産を後にした。私は笑顔でその後ろ姿をお見送りする。

――が、しかしだ。

接客業なので一見すると私はにこやかに微笑んで受け答えしていたはずだ。しかし、内心では相当焦っていた。

この辺りで予算五〇〇〇万円で家族四人が住める3LDK。はっきり言って、非常に厳しい。その場で『ないです』とあからさまに表情に出さなかった私は、以前に比べたら相当成長したと思う。しかしながら、これはいわゆる、『予算と物件の希望が噛《か》み合っていないお客様』と言わざるを得なかった。

「どうしましょう。学区があるから、郊外は駄目なんですよ」

「3LDKで五〇〇〇万円？　確かにそれは厳しいねー」

自席に戻り、隣に座る綾乃《あやの》さんに相談すると、綾乃さんも私と同じように感じたようで眉を顰《ひそ》めた。

今回の久保田様の何が一番ネックかと言うと、ズバリそれは希望エリアだ。3LDKで五〇〇〇万円以下の物件は、世の中に沢山ある。しかし、ここは日本有数の高級住宅街だ。当然ながら、物件価格も日本有数の高さなのだ。

久保田様はお子様の通学圏内を考えており、しかも下のお子様はまだ小学生。越境通学するにしても、限度がある。つまり、非常に狭いエリアで物件をご希望されている。

そもそも社宅の退寮期限までに売り出し物件が出るかも分からないし、尚且《なおか》つそれが五〇〇〇万円以下で３ＬＤＫかなんて分からない。私の予想では、恐らくそんな物件は出てこないだろう。

「エリアが譲れないなら、予算は増やせないのかな?」

「うーん。普通のサラリーマンの方ですし、お子様も二人いらっしゃいますし、なかなか厳しいんじゃないかと……」

「そう。困ったわね」

綾乃さんは眉間に皺《しわ》を寄せた。

綾乃さんの言う通り、困った。希望をお受けしたからには、こちらからも一件くらいはご紹介したい。しかし、今のところそのアテがひとつもなかった。

エリアがもう少し広く、例えば学校から半径五キロ以内と言われればまだなんとか探せる気もするが、現状では厳しい状況だ。

「私もそういう物件がないか、気にしておくわ」

「はい。ありがとうございます」

私は綾乃さんにお礼を言うと、見落としがないかイマディール不動産の物件情報を見直した。希望エリアに売り出し中の３ＬＤＫは二件ある。しかし、一件は七八〇〇万円、もう一件は一億円超えと完全なる予算オーバーだ。そして、希望エリアで五〇〇〇万円以下の売り出し中物件は三件あった。しかし、いずれも３ＬＤＫではないし、一番広い部屋でも五十八平方メートルしかない。佐伯様が売却を希望されている、あの物件だった。

私はふぅと息を吐く。まだ半年くらいは猶予《ゆうよ》があるから、もしかしたらいい物件も出て来るかもしれない。私はそんな淡い期待に一縷《いちる》の望みをかけて、物件案内を閉じた。

＊　＊　＊

その日の昼休み、私はオフィスで桜木さんの後ろを通りかかり、その手元にふと目を留めた。大手不動産会社が出版している、自社ブランドマンションの広告を集めた雑誌だった。

「どうしたんですか？　こんなの読んで」

「参考にしようと思ってさ」

「参考？」

「うんそう。大手不動産会社の広告って、不動産業界の最先端のトレンドが詰まっているんだよ。モデルルームのイメージ写真から分かるフローリングとか照明もそうだし、間取りもそう。今じゃメジャーなウォークインクローゼットやアイランドキッチンとかも、昔はなかったんだから」

雑誌から顔を上げた桜木さんは、私の顔を見た。目が合うとちょっとだけ嬉しい。そんな風に感じるようになったのは、いつからだろう。

私は口の端を上げて、同じように少しだけ微笑んで見せた。

不動産の内装や間取りには流行があるのだという。そして、その流行をいち早く取り入れて牽引するのはやはり大手不動産会社なのだそうだ。

桜木さんは仕事をする上でその流行に敏感に追随できるように、定期的にこうやって情報のアップデートをしているという。

「へえ……。私も読もうかな」

「うん、読みなよ。色々と勉強になるよ。こういうの、今度からチーム内で回覧した方がいいね。気が利かなくてごめん」

桜木さんは片手を顔の前で合わせるとごめんなさいのポーズをした。

私は渡された何冊かの雑誌を自分のデスクの上に置いた。大手不動産会社の広告雑誌もあれば、様々な不動産会社の住宅情報を集めた雑誌もあった。一番上に見える表紙には『年収別！　購入した物件全部見せます！』とその雑誌の特集記事のキャッチコピーが大きく書かれていた。

不特定多数の人を対象にする住宅情報雑誌なので、当然ながら掲載されているマンションも千差万別。掲載されているのも都心の超高額物件から、郊外のお手頃価格物件まで幅広い。

それを見ていて、私はあることに気付いた。物件の中にはわざと狭い占有区画を細かく区切る間取りが一定数混じっているのだ。

イマディール不動産では都心部の中古マンションにリノベーションを施し高級感を出すため、狭い部屋の壁を抜いて広くすることが主流だ。しかし、その雑誌に載っている物件は販売価格を抑えるために、狭い占有区画を工夫して区切り、部屋数を確保していた。

「これ、いけるかもっ！」

私はそれを見て、僅かな光明が差すのを感じた。

私が雑誌で見たのは六十二平方メートルで３ＬＤＫという間取りだった。廊下などの不要部分は徹底的に排除してあり、全ての部屋がリビングインと呼ばれるリビングと扉で繋《つな》がった間取りだ。

玄関から入り、廊下とも呼べないような短い廊下を越えるとリビングがある。そのリビングの壁に扉が幾つもついており、各部屋に繋がるのだ。

ただ、廊下やトイレ、風呂の無駄を排除するといっても限界はある。この物件の場合、寝室のうち二部屋は四畳半しかなかった。

私は雑誌を閉じ、現在売り出し中の物件を見返した。久保田様の予算内で一番広いのは佐伯様の物件だ。五十八平方メートルのこの物件の立地は悪くないのだが、今のところまだ買い手がつかない。現在四五八〇万円で売り出しているが、期限までに売れなかった場合は三八〇〇万円でイマディール不動産が下取りすることになっている。この場合、イマディール不動産で全面リノベーションされて売り出される。

不動産売買というのは、とても難しい。

すんなり決まる場合は本当にすぐに決まる。中には売り出して最初の内覧のお客様がそのままお買い上げということもある。

一方、決まらない場合はなかなか決まらない。イマディール不動産の営業チームの人達に聞いた限りでは、売り出して三ヶ月経っても買い手がつかない場合は値下げを考えるべきだというのが皆の共通意見だった。

佐伯様の物件に関しては、既に売り出しから四ヶ月が経過している。佐伯様自身も再来月には引っ越しされるので、そろそろ決まらないとかなり厳しい。

＊　＊　＊

「リノベーション……ですか？」

私の提案に、久保田様は目を瞬《しばたた》かせた。眼鏡《めがね》の奥の奥二重の目が、忙しなくパチパチと瞬《また》いている。

私はこれまでの売買実績から久保田様の望む物件が出て来る可能性が限りなく低いこと、現在売り出し中の物件にも希望に添うものはないことをまずご説明した。久保田様は目に見えてがっかりして落ち込んでいらした。その上で、私はこの提案を行った。

「現在売り出し中の物件で、最も久保田様の希望に近いのはこちらになります」

私がお見せしたのは、もちろん佐伯様の物件だ。今は２ＤＫの間取りで、広さは五十八平方メートルだ。

「こちらに、リノベーションのサンプル図面を用意しました。このサンプル図面でのリノベーション費用がだいたい六五〇〇万円程度になります」

久保田様は私の用意した図面に見入った。私が提案したリノベーションプランでは、ユニットバス交換、トイレ交換、キッチン全面交換、フローリング、壁紙貼り替えに加えて壁も一部を抜いて３ＬＤＫへの改造をしている。ただし、五十八平方メートルで３ＬＤＫはさすがにきつかった。リビングダイニングは十畳確保できたものの、他の部屋は全て四畳や五畳しかない。収納スペースも殆《ほとん》どない。

「もう一つご参考に。こちらは標準的な間取りの場合です。かかる費用は同程度です」

私はもう一枚、図面を差し出した。そちらは2LDKになっている。いわゆる、イマディール不動産だったらこの物件はこうするという間取りだ。十一畳のリビングダイニングの両脇に、七畳と六畳の部屋がついている。収納スペースもあり、よく見る一般的な2LDKだった。

久保田様は暫《しばら》くそれらをじっと見ていらしたが、「家族とも相談してみます」と言った。

「承知しました。こちらの物件ですが、現在売り出し中でして……」

「分かりました。早めにどうするか考えます」

久保田様は小さく頷くと、お見せした図面をクリアファイルに挟み、それを鞄にしまった。布製の黒いトートバッグを肩に下げ、こちらに頭を下げてオフィスを後にした。

「ありがとうございました」

私は久保田様を見送った後、接客室に戻り図面の控えをじっと眺めた。

きっと、久保田様が求めていた理想の物件はこれではない。

もっと広くて、家族四人で過ごすのに適した、ゆったりとした住まいだ。けれど、私の力ではこれ以上はご紹介できそうになかった。綾乃さんや桜木さんにも聞いてみたが、首を横に振られるだけだった。やはり、物件の希望と予算が噛み合っていないと言わざるを得なかった。

口惜《くちお》しいがこれが限界だ。私は久保田様にご提案させて頂いたあの３ＬＤＫを、ご家族が気に入ってくれたらいいな、と思った。

＊　＊　＊

久保田様にリノベーションをご提案して二週間が過ぎたこの日、私はお電話で佐伯様とお話ししていた。

電話には、わくわくするものとどんよりするものの二種類があると思う。今のこれは、間違いなく後者だ。

「こっちも内覧の時間に合わせて家にいるようにしているんですよ？」
「はい。重々承知しております」
「とにかく、頼みますよ。本当に」
「はい……。お力になれず申し訳ありません。またご連絡させて頂きます」

相も変わらず佐伯様の物件は売れていなかった。先日内覧にお連れしたお客様からよい反応が得られなかったことを、私はまたもや電話でチクリと言われていた。

いつぞやの尾根川さんのように、電話で話しながら思わず頭をぺこぺこと下げる。胃にブスッと棘が刺さる。栗をいがごと食べたらこんな感じなのだろうかと、他人事のように思った。

私は電話を切り、深くため息をついた。

こちらとしても売りたいのは山々だけれど、なかなか売れない。はっきり言って、こっちが泣きたい気分だ。

桜木さんの『担当代わろうか？』という言葉が脳裏をよぎり、私は慌てて首を振った。桜木さんは私よりもずっと多くの案件を抱えている。きっと、その中には佐伯様のように気難しい方もいらっしゃるはずだ。もう少しだけ頑張ってみよう。そう自分に言い聞かせた。

それに、久保田様がちょうど今、この物件を検討中だから、もしかしたらもしかするかもしれない。そのことに一縷の望みをかけた。


その日の午後、イマディール不動産を訪れた久保田様が仰《おっしゃ》った言葉を聞き、私は驚いた。

「エリアを変える……ですか？　学校はよろしいのですか⁉」

「それが、図面を見せたら妻も現実が見えてきたみたいでして。他の不動産屋さんでは『ご希望に合う物件が出たらご連絡します』と言われたまま音沙汰がなかったから、よく分かっていなかったんです。住んでみてやはり狭くて引っ越そうとなるよりは、むしろ小中学生のうちに転校してずっとそこに留《とど》まる方が妻や子供にとってもいいのではないかという話になりまして。藤堂さん、探してくれますか？」

久保田様は申し訳なさそうに眉をハの字にして私を見た。それを聞いたとき、最初に私の頭に浮かんだことは『また佐伯様の物件、売れなかったな』ということだった。

正直、残念に思った。けれど、すぐにそうじゃないよねと思い直す。私が今なすべき仕事は目の前の久保田様の理想のおうち探しをお手伝いすることなのだ。久保田様にとって佐伯様の物件が売れるかどうかなんて、遠い町で起こった知らないカップルの痴話喧嘩くらいにどうでもいい話なのだ。

私は申し訳なさそうに恐縮する久保田様ににこっと笑いかけた。

「もちろんです。ぜひ、お手伝いさせてください」

「ありがとうございます」

久保田様はホッとしたように息を吐く。

「子育てしやすくて、住みやすい町がいいと思いまして。渋谷《しぶや》にある会社に一時間以内で通えると嬉しいのですが……。いくつか紹介して頂けますか？」

「はい。沢山ありますよ」

すぐに思い付いたのは東急田園都市線沿いだった。渋谷から神奈川県内に向かって延びる鉄道沿いは都心のベッドタウンとして閑静な住宅街が広がっている。最近再開発も進み、子育て世代に人気の駅も多い。それに、京王井《けいおうい》の頭《かしら》線沿いも閑静な住宅地が多いのでいいと思った。

私はさっそく物件情報を数枚抜いて、久保田様に差し出した。久保田様はその物件案内を見て、目尻を柔らかく下げた。

「持ち帰って、妻や子供達と見てみます。ありがとうございます」

いくつかのご紹介した中で気に入った数件を封筒に入れて持ち、久保田様が笑顔でオフィスを後にされる。その後ろ姿を見送りながら、今度こそ気に入って頂ける物件があればいいなと思った。

自席に戻ると、桜木さんに声を掛けられた。

「藤堂さん。久保田様、どうなった?」

「あー、力及ばずでして――」

私は一部始終を桜木さんに話した。自分なりに探したけれど、ご提案できるご希望の物件がないこと。その上で妥協案を提案したけれど、駄目だったこと……。

「そっか。まあ、あの条件だと正直厳しいよね」

桜木さんは納得したように、少しだけ肩を竦めて見せた。そして、私の顔を見ると少しだけ笑った。

「藤堂さんのそういうとこ、すごくいいと思うよ」

「はい?」

私は首を傾げる。

「大抵の同業者――俺も含めてだけど――は、あの希望を聞いたら、無理と判断して最初から動かないと思うんだ。現に、久保田様のところには藤堂さん以外からは連絡がいかなかっただろ？　だけど、藤堂さんは探そうと頑張った。そういう姿勢って、すごくいいと思う。藤堂さんの強みになると思うんだ。お客様に寄り添う気持ちが伝わるって言うか――」

「ご希望には添えなかったですけどね」

急に褒められた私は、咄嗟《とっさ》に照れ笑いを作って気恥ずかしい気持ちを誤魔化した。桜木さんは微笑んでこちらを見下ろしている。

「うん、そうなんだけど――。いつの間にか、いかに売るかばっかりに目がいっていたから、俺も見習おうって反省した。きっと、藤堂さんの強みになるよ」

桜木さんは会話の中で何回も『藤堂さんの強みになる』と言った。

そうだろうか？　今のところ売り上げには全く繋がらないので、そうは思えない。けれど、そうだといいなと思う。

結局久保田様のご希望に添うことはできなかったけれど、少しでも理想に近い物件を探す手助けができたなら、それほど嬉しいことはない。

これからも頑張ろうと、桜木さんの言葉に勇気を貰《もら》えた。

それは自宅で一人鍋の準備をしている時のことだった。

野菜を切っていると、背後からラインの受信音がした。鍋は一人暮らしの強い味方だ。ちゃんこ鍋、キムチ鍋、トマト鍋、寄せ鍋……味を変えれば何日だっていけちゃうんだから。長ネギを斜め切りしていた私は、この長ネギだけは切りきってから確認しようと包丁を握る。作業を終えてスマホの画面をタップし、その内容を見た私は表情を強張《こわば》らせた。

表示名は『英二《えいじ》♡』となっていた。

♡マークを消し忘れるとは、なんたる不覚。英二からラインなんて別れてから一度も来なかったから、すっかりと忘れていた。当時の自分の頭の沸き具合に半ば呆《あき》れかえる。

内容を確認して、なんとも言えない気分になった。こんなこと今更言ってくるなんて。別れてからもう半年以上経っているんだよ？

――俺、やっぱり美雪《みゆき》じゃないと無理だ。

短い文章は、それだけだった。やり直そうとも、なんとも書かれていない。私からの反応を待っているのかもしれない。

「今更、遅いんだよ」

スマホの画面を見つめながら、乾いた笑いが漏れる。本当に今更だ。これが、イマディール不動産に入社したての頃だったら、また違っていただろう。でも、遅すぎる。

表示名の♡マークを消すかわりに、ブロックボタンをタップした。暫《しばら》くすると既読が付いたのに反応がないことを不審に思ったのか、今度は電話が鳴った。

「もしもし？」

「もしもし、美雪？」

「どちら様でしょうか？」

「え？　俺だよ、俺」

間抜けな返事に、呆れた。お前はオレオレ詐欺の一味か！　とツッコミたい衝動に駆られる。

「なんの御用でしょうか？」

「久しぶりだけど、元気にしている？」

「用がないなら切らせて頂きます」

「ちょっ、待てよ。俺、お前じゃないと無理かも」

焦ったようにラインと同じ言葉を言う英二。なーに言っているんだかと、思わず失笑が漏れた。

「私とこれから先の人生を歩むのは無理だと確かに三国《みくに》さんの口から聞きましたけど？　用はないということでよろしいですね？」

「待てって！　俺らって、相性最高だったっしょ？」

どの口が言うのか？　アホですか⁇

先に合わないと言い出したのはあんただ。

思いのほか凪《な》いでいた心は、急激に怒りに塗り替えられる。

「さようなら。永遠に」

「待って――」

ブチッと通話を切ると、その場で通話もブロックした。

ああ、なんだか凄く嫌な気分だ。せっかく綺麗に整えた私室を突然土足で押し入った人間に引《ひ》っ掻《か》き回されたみたいな。今日の鍋は水炊きにしてポン酢で頂くつもりだったけど、予定変更して激辛キムチ鍋にしよう。汗と一緒にイライラもさようならだ。

＊＊＊

昨日の今日で、この甘ーい雰囲気は目に毒だ。

接客室で向かいに座る若い夫婦――橋本《はしもと》様は、とても仲睦まじい様子でカタログに夢中になっていた。今、購入予定の物件のリノベーション計画を練っているのだ。

「私、やっぱりカントリー風がいいなぁ」

「じゃあカントリー風にしようか」

旦那様が奥様に向かってふわりと笑う。奥様の鶴の一声で新居の内装の方向性はカントリー風になった。私は数多くあるカタログからカントリー風に合うものを集め、それを橋本様にお渡しした。

「ゆっくりとお選びになられたいと思いますので、こちらはお貸し出しします。次回までに壁紙やフローリング、バスルームなどをお選び頂けますか？」

「分かりました」

「はぁーい」

三十代で落ち着いた雰囲気の旦那様に対し、まだ二十代半ばの奥様は少しだけ子供っぽい口調。でも、旦那様はそれが可愛くて堪《たま》らないご様子で、終始にこにこしていた。新婚さん独特の空気が狭い接客室を覆い尽くしている。心なしか白いはずの壁紙がピンク色に見えてきたのは目の錯覚だろうか。

橋本様はイマディール不動産が仲介した中古物件を購入予定だ。まだ正式な引き渡しはしていないが、双方合意で内定しており、書類作成待ちだ。引き渡し前は２ＬＤＫだった間取りを大きく変更して３ＬＤＫに変える予定で、今は内装の検討をしている。リノベーションもイマディール不動産でやって頂けることになっているので、引き続き私が担当する予定だ。

「凄いラブラブで、新婚さんって感じです」

手を繋いで寄り添い歩く二人を見送ってから、自席に戻る。綾乃さんに先ほどの様子を伝えると、綾乃さんもガラス越しに見ていたのか笑っていた。

「でも、新婚さんの相手って楽しいわよね。幸せオーラが凄くて、こっちまで幸せになる感じがする。二人が相談する様子から、こんな家庭にしたいんだろうなって想像がつくって言うか」

「なるほど。確かにそうですね」

私はポンと手を打った。

綾乃さんの言葉は、目から鱗《うろこ》が落ちるようだった。確かに先ほどの橋本様の場合、通常よりリビングダイニングルームが大きくとられている。きっと、家族で集まるその場所を大事にしたいという二人の意思の表れなのだろう。

「藤堂さんは結婚したらどんなおうちがいいの?」

「私ですか?」

私は綾乃さんの質問に少し戸惑った。結婚の予定なんてない——と言うより、恋人すらいませんが——から考えたことがない。

「考えたことないです」

「ただの一度も?」

綾乃さんが驚いたように目をみはる。その表情を見て、私は言葉を詰まらせた。

私はかつて、英二と結婚するかもしれないと思って、それを友人達にも話していた。けれど、実際の将来のことについては殆ど何も考えていなかったのだ。

好きだから結婚しようね。めでたし、めでたし。それが全てでそれ以上でもそれ以下でもない。

——結局、私はその程度にしか自分の将来についてしっかりと考えていなかったのだ。そのことに気付いてしまい、思った以上にショックを受けた。

「あ、ごめんね。変な意味で聞いたわけじゃないの」

何も言わない私を不審に思ったのか、綾乃さんは取り繕うようにそう言った。私は慌てて手を振る。

「いえ、色々希望があって何から話そうかと迷っていただけです」

「あ、そうなんだ」

綾乃さんはホッとしたように表情を綻ばせる。私はその横で、遠い未来を想像してみる。一体どんなおうちがいいだろう。ちょっとだけ考えて、とりあえず最初に頭に浮かんだのはやっぱり趣味の料理に欠かせないキッチンだった。

「うーん。三口ガスコンロとガスオーブンは譲れません」

「ガスオーブン？」

「はい。火力が全然違います。今は電気オーブンも進化しましたけど、やっぱり一番いいのはガスオーブンですよ。設定温度まで到達する時間も短いですし。それで、鳥の丸焼きを焼くんです！」

綾乃さんは目をぱちくりとさせてから、クスクスと笑い出した。

「間取りじゃなくて、キッチン設備が気になるなんて藤堂さんらしいねえ。広い寝室と大容量の収納スペースとかじゃないんだ。ふふっ――とりあえず、料理上手な奥様が毎晩腕を奮う家庭になることは分かったよ」

キーボードを打ち込む綾乃さんの肩は笑っているせいで揺れている。けれど、たかがオーブンと侮ってはならない。近年の家電メーカーの努力の結果、高級電気オーブンの進化は著しい。スチームなんたらだとか、油を使わず揚げ物ができるだとか、人工知能が付いていて今日の料理を提案するだとか。しかし、やはり火力勝負ならガスオーブンに敵うものはない。鳥の丸焼きを作るときも、中に肉汁を閉じ込めたまま、皮はパリパリになるのだ。

クリスマスにはそんなのを私が焼いて、奮発してシャンパンなんか買って、ケーキも用意して家族皆でテーブルを囲んで。目の前に座る人が桜木さんだったら嬉しいなぁ。カツンッてシャンパングラスを鳴らして、さっきの橋本様に負けないくらい甘ーい雰囲気で……。そんな光景が自然と脳裏に浮かんで、急に気恥ずかしくなる。

おっと、いけない。

会社だというのに妄想を広げすぎたと、私は慌てて顔面筋を総動員して大真面目な顔を作った。しかも、ふと気付けば斜め前方の桜木さんがこちらを見ていた。目が合ったらすぐ逸《そ》らされてしまったけれど。

私、まさか独り言を言ってないよね?

私はさっと『私、何も疚《やま》しいこと考えていませんから』という風情を装って笑顔で綾乃さんに話しかけた。

「橋本様の家はリビングが広いんですよ。きっと家族みんなで過ごす時間を大事にしたいんじゃないですかね」

「そうかもね。今は子供をリビングで勉強させる家庭も多いから、そういうのも見越しているのかもね」

「子供をリビングで勉強させるんですか？」

「うん、そう。そういう子の方が成績がいいって研究結果が出たとかで、結構前から流行《はや》っているよ」

「へえ……」

　私は橋本様のリノベーションプランを改めて見返した。

　六十五平方メートルの広さに対し、リビングダイニングキッチンが十五畳とかなり広めにとられている。リビングインで繋がった主寝室は六畳半あるが、あと二つの寝室はそれぞれ四畳しかない。私には少しバランスが悪いように感じたけれど、橋本様はそれをご希望された。学習机を置かないなら、将来生まれてくるかもしれない子供部屋も四畳で足りるのかもしれない。

　あの二人はあのマンションで、これからどんな家庭を築くことを望んでいるのか。それを少しだけ垣間見ることができた気がした。

　そして、その幸せな未来を形作るお手伝いをさせて頂いていることを、とても光栄に思った。

十二月に入ると、日中でも気温はかなり下がってきた。特に朝晩は冷え込みが激しく、コートが手放せない。退社時間の六時半頃でも数ヶ月前まではまだ明るかったのに、いつの間にか日は短くなり、今ではその時間には真っ暗になっていた。そんな季節になると、毎年のように風物詩が見られるようになる。

「綺麗だなぁ」

私は通りに飾られたイルミネーションを見て、ほぅっと息を吐いた。

この季節、街はどこもかしこもクリスマスイルミネーションに彩られる。広尾商店街では大規模なクリスマスイルミネーションは行われないが、ちょっとした電光は飾られる。帰り道、途中で通りかかる広尾駅の入り口にある商業施設——広尾プラザでも可愛らしいスノーマンの置き物とイルミネーションが飾られていた。辺り一面のイルミネーションほどではないけれど、かえってそのこぢんまりした雰囲気がほっこりとした気分にさせる。

今の生活圏の周辺には、クリスマスイルミネーションで有名な地域が沢山ある。歩いて行ける範囲なら白金《しろかね》のプラチナ通りや恵比寿ガーデンプレイス、日比谷線に乗れば一駅の六本木《ろっぽんぎ》駅では六本木ヒルズや、東京ミッドタウンのイルミネーションも有名だ。銀座《ぎんざ》だって日比谷線に乗ればすぐだし、バスに乗って北上すれば表参道《おもてさんどう》もあっという間に行ける。

お洒落《しゃれ》で美味しいレストランも目移りするほど沢山あるし、人生においてこんなにもクリスマスを過ごすのに適した地域に住むのは初めてだ。

しかしながら、現実は厳しい。

つい先日、無事に誕生日を迎えてまた一つ歳を重ねた藤堂美雪、現在二十八歳。なんと、この絶好の機会に、クリスマスを一緒に過ごす人がいない。

本当に、なんということだ！

桜木さんは、誰かと過ごすのかなぁ……なんて思っても、当然ながらそれを本人に聞く勇気もない。キラキラと光る電飾を眺めながら、私ははぁっと息を吐いた。

私と桜木さんの関係は、相変わらず『会社の先輩と後輩』の域を全く出ない。どんな大波にも耐えてぴったりとそこに貼りつき頑として動かないフジツボの如《ごと》く、後退もなければ前進もないのだ。

一体世の中の男女はどうやって恋人同士になるんだっけ？　と私は片手で数えられるほどしかない自分の過去の恋愛遍歴の記憶を辿った。

一番最近の彼氏は、英二だ。

たしか、英二の時は会社の飲み会がきっかけだった。人気お笑い芸人の真似をして宴会を盛り上げていた英二が、私にはとっても輝いて見えたっけ。やっていたのは、テクノ系サウンドを組み合わせた音楽ネタで当時大流行したものだ。その後に隣に座った英二と好きなバンドの話で盛り上がりすっかり意気投合して、帰り道に次回は二人で飲もうと約束をした。

つまり、これは『自然の流れで付き合いだした』というやつだ。うん、参考にならない。

ちなみにラインと電話をブロックしたおかげで、英二からその後のコンタクトはない。なぜ急にあんなことを言い出したのかと少しだけ気になりはしたけれど、すぐに私には関係のないことだと思い直した。

その前はどうだったっけ、と私はさらに記憶を辿る。

英二の前の彼氏は大学三年生から卒業して離れ離れになるまで付き合っていた人だ。大学生の時のその彼氏は、同じ学科の友人だった。授業のグループ課題で、同じグループになった男の子で、普段はしっかりしているのに二人になると途端に弟キャラの甘えん坊になる人だった。二人きりだと、よくお腹の辺りに抱き付いてきて頭をぐりぐりして甘えてきたのを思い出した。

付き合い出したきっかけは……たしか、向こうから告白された気がする。大学の教室で二人きりになった時に、「好きです」って。彼のことを内心でいいなと思っていた私は、彼に想いを打ち明けられて舞い上がるような気分だった。

この彼氏とは、お互いの就職で離れ離れになって、最後は電話でさようならになった。

こうやって改めて考えると、誰かと恋人になるって凄いことだ。

誰かに好きだと想いを伝えて、尚且つ相手も自分に好意を持ってないといけない。

この広い世界には何億人もの異性がいるのに、その中で自分を好きだと好きな相手が思ってくれる。それは滅多にないような奇跡に思えた。

桜木さんは私に好意を持ってくれているだろうか？

嫌われてはいないと思う。けれど、異性として好かれているかと聞かれると、正直自信がない。

桜木さんは仕事終わりにたまたま一緒に外出していれば食事に誘ってくれるし、飲み会で帰りの方向が同じだと一緒に帰ろうと声を掛けてくれる。けれど、なんでもない日に二人きりで飲みに行こうと誘ってくれたことは一度もないし、休日に会う約束をしたこともない。だから、あくまでも後輩としてしか見られていない可能性は十分に有り得る。

「どうしようかなぁ……」

思わず弱気な言葉が口から漏れた。

いつかこの想いを伝えたいけれど、伝えて駄目だったら？　小さなオフィスなので、万が一にも気まずい雰囲気を作ってしまうと、まわりの人達にも迷惑をかけてしまうかもしれない。そう思うと、やっとむくむくと湧き起こってきた勇気が、強力な掃除機で吸い取られた如く、たちまち掻き消えてしまう。

でも、そんなことを気にしていたら、この気持ちは一生伝えられない。桜木さんに彼女ができて、最悪の場合結婚してしまう可能性だってある。

「どうしようかなぁ……」

またもや同じ言葉が口から漏れた。

私は桜木さんの人となりを考えた。

私が想いを伝えて断られた場合――悪い方に考えるのは私の悪い癖だけど、ここは許してほしい――桜木さんはどういうリアクションをとるだろうか？　多少、気まずくなる可能性はある。二人きりになるのは避けられるようになるかもしれない。でも、そのせいで仕事に支障をきたすような、あからさまなことはしない人だと思った。

むしろ、問題は私の方だ。断られたことで卑屈になって、会社に行きたくないなんて思わないだろうか。なにせ、私には振られた勢いで退職届を出した前科がある。

イマディール不動産の仕事は、楽しい。会社の人達もいい人ばかりだ。もちろん、佐伯様のようなストレスフルなお客様もいるけれど、それ以上に楽しかった。今の気持ちとしては仕事を辞めるなんて、とても考えられなかった。

色々と考えていたら、徒歩二十分弱の自宅まではあっという間に到着してしまった。

私は玄関の鍵を開け、暗い部屋の電気をつけた。コートをハンガーにかけて玄関横に引っ掛けると、鞄をドサリとローテーブルに置く。弾みでローテーブルの上に置きっぱなしにしていた宅建の受験票がハラリと床に落ちた。

「あー、落ちた。縁起悪い！」

私は慌てて床に落ちた受験票を拾う。シール式のはがきが三面綴《つづ》りになったそれを開くと、合格発表の日は今月上旬の日にちが書かれていた。カレンダーを見ると、もう数日後だ。

――これに受かっていたら、伝えようかな。

そんな考えがふと頭をよぎった。

でも、受かっているだろうか。試験当日に解答速報を見ながら行った自己採点ではぎりぎり合格ラインだったけれど、採点ミスの可能性だってある。そもそも合格率だって十五パーセントしかないのだ。

またもや耳元で強力な掃除機の音がし始めたのを感じた。この音はモーターヘッドを備えたサイクロン式の、某超高級掃除機に違いない。

私は慌てて自分に言い聞かせるように、そう言った。掃除機の音を掻き消す如く、大きな声で。

「受かっていたら、伝える！」

落ちていたら？

それはまた後々考えるとしよう。


カツカツとボールペンを走らせる音がして、暫くの沈黙の後にトンッと捺印する音が響く。まだやっと片手を超えたくらいしか体験していないけれど、いつもこの音を聞くと「ああ、やったな」と達成感を覚える。

ゆっくりと印鑑を書類から持ち上げた目の前のお客様——佐伯様は、私の顔を見ると満足げに微笑んだ。

「いやあ、よかったですよ。決まらなかったらどうしようかと思っていましたからね」

「はい。本当に」

私は神妙な表情のまま、少しだけ頭《こうべ》を垂れる。

今日は、佐伯様の物件を売却するための手続き書類の作成のため、佐伯様にイマディール不動産のオフィスにお越し頂いている。この書類をもって正式に物件を新たな購入者のものへと所有権を移行させるための手続きが開始される。

私が大切な書類をなくさないようにファイルに挟んでいると、佐伯様は世間話を始めた。

「年末に新居に入居予定でしてね。年内に心配事が片付いてホッとしましたよ」

佐伯様はいつになく饒舌《じょうぜつ》だ。佐伯様の所有する物件は、結局当初の設定価格から二八〇〇万円ダウンの四三〇〇万円で取引が成立した。今年中に売れなかったらイマディール不動産の提示した下取り価格の三八〇〇万円までダウンすることになっていたので、多少の値下がりがあったとはいえそれが未然に阻止できて、佐伯様はホクホク笑顔だ。

「新居はどちらなんですか？」

「静岡《しずおか》県ですよ。私の実家で、もう古いから今リフォームしています。母も高齢だし、私もリタイアしたから故郷に帰りたくてねぇ。ここは便利だけど、空が狭いでしょう?」

そう言いながら、佐伯様は天井を指さした。

こんなにもにこにこした顔でよく喋《しゃべ》る佐伯様と向かい合うのは、初めてだ。いつも少しだけ眉を寄せた、頑固親父みたいな顔をしていたから。

佐伯様はその後も、故郷の静岡の思い出話を沢山してくれた。

佐伯様の故郷の静岡県島田《しまだ》市は東西に長い静岡県のなかでも中央部に位置しているようで、山の方に行くと温泉があるとか、海岸沿いの道路は晴れていると絶景だとか、観光客向けの機関車に乗れるスポットがあり、それで向かう山間部にはとても大きな吊り橋があるとか。気温も東京よりも暖かくて過ごしやすいと言っていた。

佐伯様は新築で今回の物件を購入しこれまでの三十六年間を東京で過ごしたわけだけれども、それでも少年時代を過ごした故郷は格別なのだろう。

「私がこのマンションを買った当時は、この辺は鄙《ひな》びた田舎でね。特に恵比寿なんて何もなかったよ。ビール工場と、広尾と恵比寿のちょうど中間地点に製菓の工場があった。渋谷川の辺りにいつも甘ーい香りが漂っていてねぇ」

「製菓工場ですか?」

「ええ。缶に入った飴で有名なところだよ。ほら、四角い……サクマさんだ」

佐伯様は製菓工場の名前を思い出し、ポンと手を叩く。

機嫌のよい佐伯様は、広尾と歩んだ思い出話も聞かせてくださった。ビール工場は知っていたけれど、製菓工場は初耳だ。その後も一通り話を続けると満足したのか、暫くするとよいしょっと腰を上げた。

「ありがとうね。藤堂さん」

「いえ。お役に立てて嬉しく思います」

去り際に頭を垂れる私に、佐伯様は笑顔で「大変だと思うけど、頑張ってね」と声を掛けてくださった。

なぜだろう？　毎回胃に棘が刺さるくらい苦手な方だったはずなのに、これまで聞いたどの『頑張ってね』より嬉しく感じるのは。

私は口の端を上げて、「ありがとうございました」と佐伯様の背中に呼びかける。

佐伯様は振り返らずに、右手だけ挙げて見せた。

＊　＊　＊

「藤堂さん、お疲れさまー。あのおじさん、大変だったでしょ？」

席に戻ると、マグカップを持ち上げて息を吹きかけていた綾乃さんが、ひょこっと顔を上げた。少し甘い香りはホットココアだろうか。

「大丈夫ですよ。厳しいことを言われることも多かったですけど、最後は笑顔でした。

ご心配をおかけしました」

　私は笑顔で答える。佐伯様の相手は確かにストレスも多かったけれど、終わってみれば、すっきりとした気分だ。

「藤堂さん、もうすっかり独り立ちだねえ」

「え？　そうですか？」

「そうだよ。私が見る限り、藤堂さんはどんなお客様でもなんとかして上手くやっていけると思うよ。だってあのオッサン、相当癖ありだったもん」

　綾乃さんが『オッサン』の部分だけ声を潜めて内緒話をするみたいに口に手を当てた。私はその様子を見て、思わずクスッと笑ってしまった。

「ありがとうございます」

「それはこっちのセリフ。主戦力が一人増えると、それだけ私の仕事も軽くなるんだから」

　おどけた調子の綾乃さんはテーブルに肘をついたままこちらを見て、ボールペンをクルリと器用に回した。

　綾乃さんはこういう、相手に気を遣わせないようにさり気なく褒めることに関して天才的だと思う。褒められて嬉しくない人なんていないと思うから、私もこのテクニックを是非《ぜひ》とも盗みたいものだ。

　そんな話をしていると、リーンとドアが開く電子音がして尾根川さんが外出先から戻ってきた。「寒《さみ》ぃ」とぼやきながら、両手を擦り合わせている。今日は気温が低いのか、鼻の頭もトナカイさんのように赤くなっていた。

「お疲れさまです」

「お疲れー。外、無茶苦茶寒いよ」

「今日、曇っていますもんね」

私は軽く頷いて相槌を打った。外はどんよりと曇っていて、いかにも寒そうだ。

「そう言えば、藤堂さん宅建どうだった？　僕受かったよ」

尾根川さんは満面に笑みを浮かべて、右手の親指を立てる。私はそう言われて、驚きで目を見開いた。隣では綾乃さんが「わぁ、やったねー」と、早速祝勝会の計画を立て始めようとしている。

「え？」

私は慌てて腕時計を確認した。宅地建物取引士の合格発表は、インターネット上のホームページと紙面による郵送の二種類で行われる。今日はインターネットの合格発表の日なのだ。時刻は午後三時二十二分。もうインターネット上では合否の発表が行われている時刻だ。

「藤堂さん、まだ確認していなかったら今から見てみたら？　私、すぐにそのページ開けるよ」

「そうですね――」

綾乃さんがパソコンで宅建試験のホームページを開こうとしたので私はそう答えかけて、はたと動きを止める。よくよく考えると、受験番号を控えていない。受験番号は受験票に書いてあるけれど、不覚にもその受験票は自宅のローテーブルの上に置きっぱなしにしてきてしまった。

「どうしたの？」

動きを止めた私を見て、綾乃さんと尾根川さんが不思議そうに首を傾げる。

「受験番号控えてくるのを忘れちゃいました。受験票が家なので分からないです」

「え？　そっかぁ。じゃあ、家に帰って確認だね」

尾根川さんは残念そうに両肩を上げ、手のひらを天に向けた。綾乃さんも、「じゃあ祝勝会も明日の方がいいかなー」と呟いた。

「なんか、ごめんなさい」

「いいよ、いいよ。受かっているといいね」

二人が笑顔でそう言ってくれたので、私も笑って頷いた。ああ、受験番号を控えてくるのを忘れるなんて、本当にドジだ。

その日の帰りは二十分弱の徒歩の道のりがとても長く感じた。いつもと同じ道なのに、凄く遠く感じる。

やっとのことで自宅に戻った私はコートも脱がずにパソコンを起動させるとその前に正座した。起動してからインターネットに繋がる時間すら、もどかしい。早く見たいのに。早く、早く。

「えっと、番号が……」

合格者の番号を目で追って、自分の受験票に書かれた受験番号を探す。心臓がどきどきして、手が震える。数字が自分の受験番号に近づく。あるか、あるか、あってくれ！

人差し指でモニターを指さして追った。

「あった……」

パソコンのモニター上に自分の番号を見つけた時、私はもう一度受験票に視線を落として間違いがないか確認した。間違いない。同じ番号だ。

「やった…、やった。やったぁー！」

僅か七畳の小さな城に、私の歓声が響いた。


宅地建物取引士の合格発表があった翌日、私はイマディール不動産の接客室で橋本様との打ち合わせをしていた。

前回とは打って変わり、仲睦まじい様子のお二人が只々《ただただ》微笑ましく見える。白い壁紙がピンク色？　いや、もうピンクを通り越してハート柄に見えるわ。けれど、そんなことは気にならないぐらい、今日の私は機嫌がいいのだ。なぜなら、私は宅建試験で合格したのだ。今朝出社して報告したら、オフィスのみんながお祝いの言葉をかけてくれた。正式に宅地建物取引士として登録したら、お給料も月三万円上乗せだ。うふふっと笑みがこぼれそうになり、私は慌てて表情を引き締めた。

「キッチンはこのシリーズにしてー。調味料が可愛く飾れるように壁にちょっとした飾り棚も欲しいな」

目の前で橋本様の奥様が、付箋《ふせん》を貼ったページのキッチンシリーズを指さすと、私は目の前のパソコンを操作してそのイメージを作成する。

うん、そのシリーズは私も可愛いと思うわ。カントリー調ならやっぱり棚も木目を生かした薄めの茶系よね。確かに壁面飾り棚は最初にプロに作ってもらわないとね。素人がやると強度不足で石膏ボードを割ったりするから危ないのよ。

「承知いたしました。可愛らしいキッチンになりそうですね」

にこにこしながら二人で事前に決めてきた部屋の仕様を伝えてくる橋本様を眺めつつ、私はパソコンのキーボードを叩いた。カタログ番号と品番を間違えないように、イメージを作成しながら番号と商品名を控え、それをコピーして仕様書に転記する。

小さい部屋の壁紙は汚れに強いタイプにしたり、トイレの床も木目調フローリングにしたりと、随所に橋本様夫婦なりのこだわりが詰め込まれている。イメージ画像でも十分に魅力が伝わってくるが、完成したらさぞかし素敵なおうちになることだろう。

「こちらが仕様の控えになります。数日以内に正式なお見積書を再度ご提出させて頂きまして、問題がなければこの通り進めさせて頂きます。引き渡しが年明けですので、工事もそこから入ります」

「三月末の入居には間に合いますよね？」

　プリントしたコピーの一枚を控えとしてお渡しする際に旦那様が念押ししてきたので、私は頷く。

「はい。間に合うように手配いたします」

「よかった。じゃあ、お願いします」

「楽しみだねー」

　嬉しそうに微笑むお二人を見て、こちらも幸せな気分になった。綾乃さんの言う『新婚さんが相手だとこっちも幸せな気分になる』というのがよく分かった気がする。

　自席に戻ると、私はさっそく今の仕様書をＰＤＦ化したものをパソコンに保存し、お取引先の内装工事会社へメールで送付した。指定のフォルダにイマディール不動産の控えを保管し、印刷して捺印入りの正式なものは追って内装工事会社へ郵送する。

　作業を終えてチラッと時計を見ると、時刻はお昼近くになっていた。チームメンバーの行動予定表を見ると、桜木さんは終日外出となっていた。実は今日はまだ桜木さんに会っていないので、宅建に合格したことも伝えられていない。綾乃さんが今夜尾根川さんと私の宅建祝勝会を開催してくれるそうで、それに桜木さんも来るとは聞いているので、綾乃さん経由では伝わっているのだろう。けれど、やっぱり自分で伝えたかった。

　私は気を取り直して午後からの予定を確認した。

　新規の売却ご希望のお客様とのお打ち合わせが一件と、現在売却中の物件への内覧希望が一件入っている。今日も忙しそうだと、私は両頬を軽く叩いて気合を入れた。


　その日の夜に行われた宅建合格の祝勝会はイマディール不動産のすぐ近所にある中華料理屋さんで行われた。六時半に予約していたのだが、時間ちょうどに桜木さんも現れた。

「藤堂さん、おめでとう。尾根川も、改めておめでとう」

　個室の入り口に立ってどこに座ろうかなあと円卓を眺めながら思っていると、いつの間にか後ろに立っていた桜木さんに声を掛けられた。

「あ、桜木さん。ありがとうございます。やりました！」

「うん。二人とも頑張ったね」

　桜木さんがニコッと笑って私と尾根川さんを交互に見た。尾根川さんは勤務時間前に分からないところをよく桜木さんに聞いていたようで、しきりにお礼を言っていた。

「優秀な後輩が二人もいて、助かるよ。ちょっと心配だったんだけど、安心できた」

「え？」

心配って、私と尾根川さんが心配ってことだろうか。よく分からずに聞き返そうとすると、上司の板沢《いたざわ》さんが「藤堂さんと尾根川君は主役だからそこの上座ね」と言い出し、強制的に席に座らされてしまった。桜木さんはテーブルを挟んで斜め向かい側、伊藤さんの隣だ。うーむ、遠い……。

「とりあえず、生六杯お願いしまーす」

綾乃さんがチームメンバー全員分の生ビールを注文する。

「それでは、尾根川君と藤堂さんの宅建合格を祝しまして、カンパーイ！」

小さな個室にチームメンバーの乾杯の声が重なった。

＊＊＊

時間制限のある飲み放題にしていたわけでもなかったので、延々と続く祝勝会がお開きになった時、時計の針は既に夜の十時を指していた。店の外に出ると、十二月の冷たい空気がピリリと肌を刺す。綾乃さんが大量に注文した紹興酒《しょうこうしゅ》ボトルを消費するためにいつもより少し飲みすぎた私には、酔いを醒ますのにちょうどいい。

「藤堂さん、歩いて帰るなら一緒に帰ろうか」

そう声を掛けてくれたのはもちろん、桜木さんだ。桜木さんは飲み会の後、大抵一緒に帰ろうと誘ってくれる。内心では舞い上がりそうなぐらい嬉しいけれど、それを顔に出さないように私は平静を装って「はいっ」と頷いた。

外苑西通り《がいえんにしどお》りは夜でも車の通りが多く、車のヘッドライトがキラキラ揺れる。それに、道路沿いには気持ち程度のクリスマスイルミネーションが点灯していた。こうして夜に二人で夜道を歩いていると、なんだかデートみたいだな、なんて思って、私は少し気恥ずかしくなった。

「飲みすぎた？」

「え？」

歩きながら熱くなった顔をパタパタと扇《あお》いでいると、桜木さんがこちらを見下ろしている。

「なんか、いつもより顔赤いから」

「あー、そうかもしれないです……」

「新井《あらい》のやつ、紹興酒頼みすぎだよなー。あれ、それなりに度数きついのに」

苦笑いする桜木さんに釣られて私もへらりと笑った。飲んだせいもあるけれど、私の顔が赤いのはきっとそのせいだけじゃない。

——受かっていたら、伝える！

そう叫んで超強力掃除機の音を掻き消したあの日のことが脳裏に浮かぶ。言うなら今じゃないの？　いつやるの？　今でしょ!?　と、社会人になりたての頃に大流行した台詞が頭の中をぐるぐるぐると回る。

私は桜木さんをチラッと見た。桜木さんは私の横を歩いているけれど、半歩ほど前に出ている。きっと、私の歩調を見ながら調整しているのだろう。少しだけ斜め後ろから眺めるその後ろ姿は距離にして一メートルくらい。この距離をゼロメートルにしたいんです。

「じゃあ俺、こっちだから」

いつもの交差点で桜木さんが私の自宅とは違う方向を指さす。

ああ、頑張れ美雪！　と、私は怖気づいて逃げ出しそうになる自分を叱咤する。人生で誰かに好きだと自分から告白したことなんて、一度もない。今までの彼氏達はこんな勇気を振り絞って私に好きだと伝えてくれていたのだろうか。結構お酒が入った状態の今言えなかったら、素面《しらふ》で言えるわけがない。

「桜木さん！」

「ん。なに？」

桜木さんがこちらを向いてふわりと笑う。私の大好きな笑顔だ。

頑張れ美雪。頑張れ！　今日までずっと、頑張ってきたでしょう？　勇気を振り絞るんだ。自分にそう言い聞かせる。

ほら。震えそうになる足にぐっと力を入れて、口角を上げて。

私はすうっと息を吸った。

六、いつまでも、輝いた自分でいたいのです

ティーリーフは一人一杯なので、二人なら二杯。それをティーポットに入れるとキッチンで沸かしていたお湯を、そのティーポットに注いだ。湯気に混じってふんわりとフレーバーティーの甘い香りが漂う。私は砂時計できっちり二分計って蒸らすと、それをティーカップに入れる。

「はい。どうぞー」

「ありがとう。わあ、いい香り！」

私からティーカップを受け取って顔を寄せた真理子《まりこ》は表情を綻ばせた。

今日は、前の会社の同僚で友人の真理子が我が家に遊びに来てくれている。

「いやー。美雪が思ったより元気そうでよかったわ」

「ありがと」

ホッとした表情を見せる真理子に、私は笑ってお礼を言った。そう、なぜ真理子が今我が家にいるのか。それは私を心配してくれたからに他ならない。

——あなたが好きです。付き合ってください！

あの日、まるでテンプレートを読み上げた中学生のような告白をした私を見つめ、桜木さんは驚いたように目をみはり、暫く絶句した。そして、視線を伏せて、何かに耐えるように唇を噛む。

「藤堂さん。ごめん……」

小さく呟かれたその言葉を聞いた時、「ああ、駄目だったんだ」と悟った。桜木さんは私を後輩としてしか見ていないんだなってことが分かって、急激に気持ちが凍り付くのを感じた。

「ご、ごめんなさい。変なこと言って。今のは忘れてください。酔っ払いの戯《ざ》れ言《ごと》だと思ってください。明日からはまたいつも通りに接して頂けると嬉しいです」

私は慌てて弁解の言葉を述べた。『好きです』と言うのはあんなに勇気がいったのに、弁解の言葉はスルスルと口から出てきた。こんなことで会社の雰囲気を壊したくなかった。そんな私を見て、桜木さんはもう一度ぐっと唇を噛み、首を横に振った。

「違うんだ。藤堂さんの気持ちは凄く嬉しい。でも、実は俺、藤堂さんに言ってなかったことがあって」

思いつめたような桜木さんの沈んだ声が怖い。言ってなかったこととは、実は彼女がいるということだろうか。桜木さんに彼女がいないと聞いたのは夏前のことだ。こんなに素敵な人ならとっくのとうに売れてしまっていておかしくない。でも、それを今本人から言われるのは精神的にきつい。

「実は俺、今度の三月でイマディール不動産を退職するんだ」

「え？」

予想外の言葉に、私は桜木さんを見上げた。桜木さんは淡々と語る。

「俺の実家、結構大きな不動産屋やっていてさ。イマディール不動産には家業を継ぐ前の修行のつもりで入社したんだ。元々五年間って最初から決めていて、今度の三月末で丸五年経つ。社長にも伝えてある」

桜木さんの実家の家業。それは夏頃に綾乃さんから聞いたSAKURAGIのことだろう。あの時綾乃さんは四年くらい前のことだって言っていたから、つじつまも合う。

「そう……なんです…か？　もしかして、神戸に帰るとか？」

「支社は東京にもあるからまだ分からないけど、その可能性が高いかな。それに……、これが一番問題なんだけど……俺、留学する予定なんだ」

「……留学？」

思っても見なかった単語に、私は驚いて目を見開いた。

「うん。MBAを取りに行きたいって前々から考えていて、来年の九月からイギリスに行く。実家の親父にも相談して、会社を継ぐことを考えているならそれがいいだろうって、その方向で決まっている。だから、今藤堂さんと付き合い始めても三ヶ月半しか一緒にいられない可能性が高いし、その後は一年間以上離れ離れになる」

以前、桜木さんが鉛筆をくれた時に、いつも何かの勉強をしていると言っていたことが脳裏に蘇る。きっと、このことだったのだろう。そして、三ヶ月半後には桜木さんが会社からいなくなること、神戸に帰ってしまうかもしれないこと、帰らなかったとしても、来年秋には海外に行ってしまう可能性が高いことを知って頭が真っ白になる。

「——俺、実は藤堂さんのこと凄くいいなって思っていたんだ。まあ、顔が好みなのはもちろんだけど、いつも仕事に対して頑張り屋なところとか、お客様に対してまっすぐなところとか、一緒に働いているうちにいいなって思って。けど、会社の後輩だから俺からそんなことを言ったら藤堂さんも立場上断れないだろうからよくないかな、とか、遠くに行く可能性が高いのにそんなこと言ったら無責任だろうかとか、色々気になって言えなかった。だから、藤堂さんの気持ち、凄く嬉しい。本当は、俺から言えればよかったんだけど」

桜木さんは少しだけ眉を寄せた。

真っ先に思い浮かんだのは、大学卒業の時に付き合っていた彼氏とのことだった。卒業式の日は『離れても好きだよ』って言い合って、卒業直後は毎日のようにメールも電話もしていた。それがいつからか二日に一回になって、一週間に一回になって、月に数回になって、メールすらなくなって……気付いた時には殆ど連絡を取り合わなくなっていて、最後は電話でさようならを言った。

桜木さんと付き合ったところで、またそうなるのだろうか。大学生の時の彼は一年半付き合ったのにそうなった。短ければ三ヶ月半しか一緒にいないで離れ離れになったら？　あっという間に私は忘れられてしまうかもしれない。だって、桜木さんはハンサムだし、優しいし、会社の御曹司だし。モテないわけがない。それに、物理的な距離が想像以上にあり過ぎる。

ぐるぐると頭の中を色んなことが回って私が反応できずにいると、桜木さんがコホンッと咳ばらいをした。

「藤堂さん。それでもよければ、俺と付き合ってください。お願いします」

目の前に右手が差し出された。見上げると、切れ長の目の奥の黒い瞳がまっすぐにこちらを見ている。緊張しているのか、少し表情が強張っていた。

それを見たら、なんだかどうでもよくなった。三ヶ月半だろうが、一年弱だろうが、遠恋だろうが、どうでもいい。私はこの人が好きだ。それに、この人も私を好きって思ってくれている。なんて素晴らしい奇跡。それだけで十分だ。

「はい。私でよければ、よろしくお願いします」

私も右手を差し出した。成約した時のようにぎゅっと手を握られる。恋人同士のそれというよりは、握手に近い握り方。でも、初めて触れ合った手から温もりを感じ、私は心まで温かくなったような気がした。

桜木さんが子供みたいに歯を見せて嬉しそうに笑う。

「あー、離れがたいから今から家に行きたいけど……」

「今からですか？」

「うん。でもやめとく。酔っているし、舞い上がっているから。がっついていると思われて嫌われたくないし。俺、藤堂さんと付き合うのは絶対無理だと思っていたから、今日は一人で浮かれておくよ」

桜木さんが苦笑いする。その子供みたいな笑顔を見たら、やっぱりこの人が好きだと思った。


チリンとラインの音がしてスマホを見ると、桜木さんからだった。表示名は『桜木さん』。

『何してる？』

『お友達が泊まりに来ています』

『ああ、そうだったね。残念。明日の夕食は一緒できそうだったら連絡して』

私はそれを見て口元を綻ばせる。今日は土曜日だから、うちに来てそのまま泊まっていくつもりだったのかもしれない。

桜木さんは私が妄想していた通り、私の手料理をいつもとっても美味しそうに食べてくれる。だからそれが嬉しくて、私はいつも沢山ご飯を作っては振舞ってしまうのだ。

『分かりました』

ラインで返信すると、真理子がいつの間にか真横にいて画面を覗き込んでいた。パッとスマホの画面を隠した私を見て、ニヤニヤしている。

「ラブラブだね？」

「まあ。付き合い出してまだ一ヶ月経ってないし……」

少し赤くなった私の顔を見て、真理子は噴き出した。

「仕事は？」

「？　順調だよ？」

真理子は私の顔を見て、にこっと笑った。

「美雪がさ。また会社辞めるって言い出しているんじゃないかと思って心配していたんだ。会ってみたら平気そうでよかったわ」

私は驚いた。確かに真理子に色々と報告したら、真理子は慌てたようにすぐにここにやって来たが、まさかそんな心配をされていたなんて。私がイマディール不動産を辞める桜木さんを追いかけるように退職する、もしくは結婚を迫るとでも思っていたのだろうか。

「まさか。そんな……」

――まさか。そんなバカなことするわけないでしょ？

そう言いかけて、私は咄嗟に口を噤《つぐ》んだ。

私はかつて、自分を振った英二を繋ぎ止めたくて、腹いせに会社を辞めた。それはつまり、傍《はた》から見たらそういうことなのだ。もしかしたら、前の会社では私が仕事を辞めて英二に結婚を迫っているとでも思った人がいたかもしれない。それに、引継ぎが十分でなかったせいで同僚だけでなくお客様にもご迷惑がかかっていたかもしれない。それなのに、こんな馬鹿げたことをした私を周囲の人は心配してくれていたのかもしれない。

「真理子」

「なに？」

「心配かけてごめんね」

私が小声で謝ると、真理子は少しだけ目を見開き、ニコッと笑った。

「なーに言ってんの。水臭い」

笑って流してくれる優しさが、今は心に染みた。

「今さー、ぶりっ子がトラブってうちの会社大変なんだよー」

「何かあったの？」

ティーカップを置いた真理子がソファーのクッションを抱きしめて口を尖らせたの

で、私は首を傾げた。真理子の言うぶりっ子とは、私から英二を略奪した例の後輩――竹井《たけい》さんだ。

「なんかさ、窓口対応したお客さんの悪口みたいなのをＳＮＳに上げていたみたいでさ。それに気付いたお客様からクレームが来て、大騒ぎ」

真理子は鼻に皺《しわ》を寄せて、一見すると大げさなくらいに顔を顰《しか》めた。けれど、イマディール不動産といい、前の会社といい、小さな地元密着の不動産会社なのでそういう悪評が立つと会社に与える影響は計り知れない。真理子によると、竹井さんは入社時点からずっと気に入らないお客様の悪口を匿名でＳＮＳに上げていたようで、謝罪すべき相手は数知れないようだ。

「しかも、社長に問いただされたら、三国がこれくらいみんなやっているから大丈夫だって言ったって――」

そこまで言いかけて、真理子はハッとしたように「ごめん」と言った。

「ううん、全然いいよ」

私は笑って流す。英二はすでに私の中の過去の人で、今話を聞いたところで何も感じない。ただ、今の話を聞いて私は若干の違和感を覚えた。

「英二、たぶんそんなこと言わないと思う」

少なくとも私と付き合っていた当時、英二は仕事に対してきちんとする人だった。だから、そんなことを言うなんて、俄《にわ》かには信じがたかったのだ。それに、竹井さんの入社当時と言えばまだ私と付き合って上手くいっていた頃だ。

ただ、英二との最後は本当にクソみたいな別れ方だったたし、その後に今まで知らなかった嫌な一面も知ってしまったので、『彼は絶対にやらない』とは言い切れないけれど。

「私もそう思うんだけど、社内評価はガタ落ちだと思うよ。ほんと、バカだね……」

真理子はハァッと大きく息をついた。

従業員十五人の会社で社内評価ガタ落ちなんて、ほぼ出世が見込めなくなる。もしかしたら、私に電話してきたときはそれで精神的に参っていたのかもしれない。弱っている人に更に追い打ちをかけて弱らせるようなことをしてよくなかったかなと、一瞬悪いことをしたような気がしたけれど、すぐに私は思い直す。

恋人同士なんて元々は赤の他人。別れたらそんなものだ。転職するなり、死に物狂いで頑張って汚名返上するなり、本人に乗り越えてもらうしかない。私にはもう関係のないことだ。

「ところで、真理子。明日、どこに遊びに行く？」

私は話題を変えようと、努めて明るい声で真理子に明日の予定を聞いた。顰めっ面をしていた真理子の表情がパッと明るくなる。

「私、東京ミッドタウンに行ったことがないから行ってみたい」

「六本木？　日比谷《ひびや》？　どっちも電車で一本だからすぐだよ」

「どっちも行ったことないから、近い方の六本木にしようかな」

「よしきた！　有名パティスリーの美味しいケーキ屋さんが沢山あるんだよ。おやつに食べようよ。お昼はどこ行こうか？　近くにおすすめのプライムリブのお店があるの」

私は早速パソコンを開いて『東京ミッドタウン　六本木』と入力する。

その日の夜は、遅くまで二人でパソコンの画面を見ながらきゃっきゃと盛り上がった。


透き通る水色の空を彩るのはピンク色の額縁だ。ニュースでは東京はまだ七分咲きと言っていたけれど、今日中に満開になりそうなほど、どこもかしこもピンク色で溢れている。

楽しい時間とは、どうしてこんなにも時が経つのが早いのだろう。私は空を彩る桜を見上げ、眩しさに目を細めた。

桜木さんとの交際はとても順調だった。

もうお互いアラサーの二人だ。若い頃に彼氏としたような、例えば他の女の子と楽しそうに喋っていただとか、せっかくかけた電話に出なかっただとか、見たいテレビ番組が違うとか、そんな馬鹿げた理由の痴話喧嘩は殆どなく、私達はゆったりとした時間を共有した。

交際約一ヶ月目のお正月には、以前東京タワーから二人で眺めた増上寺《ぞうじょうじ》へ一緒に初詣《はつもうで》に行った。三が日はとっくに過ぎた頃に行ったのだけど、辺りは初詣の人達で大賑わいだった。はぐれないようにと繋いだ手がとても温かくて、胸の奥がむず痒《がゆ》い。おみくじを引いたら二人揃って大吉で、柄にもなくハイタッチして喜んだ。

境内《けいだい》の売店でお揃いの根付を購入して、私はそれを通勤鞄の内側のファスナーに付けた。鞄を開けてそれがチラリと見えるたびに、心がほっこりとした。

二月のバレンタインデーには料理好きな私は気合を入れてガトーショコラを焼いた。一応失敗した時用に有名パティスリーのチョコも用意していたので、私はガトーショコラと市販のチョコの両方を桜木さんに渡した。

桜木さんはガトーショコラを食べながら『美味しい！』と何回も言ってくれて、有名パティスリーのチョコより私の作ったガトーショコラの方が好きだと笑ってくれた。

三月の三連休には一緒に静岡県の伊豆《いず》へ旅行に行った。品川《しながわ》駅から修善寺《しゅぜんじ》に特急電車で向かい、夜は奮発して客室露天風呂のある部屋に宿泊した。レンタルの浴衣を借りて竹林で有名な『竹林の小径《こみち》』をお散歩して、宿に戻ると温泉に入って一緒にテレビを見ながらのんびりと過ごした。春なので夕食には新筍や菜の花を食材に使った会席料理が出てきて、舌鼓を打った。

そして三月の最終の週末である今日、私は桜木さんと千代田区にある北の丸公園にお花見に来ている。北の丸公園は、皇居の北側に隣接する大きな公園で、その名の通りかつては江戸城北の丸があった場所だ。広い園内には三〇〇本もの桜の木が植えられているそうで、芝生の広場には多くの家族連れやカップル達がレジャーシートを敷いてのんびりとお花見を楽しんでいた。

所々には大学生グループらしき人達もおり、何十人もの集団で宴会を開いていた。もしかしたら、サークルの送別会なのかもしれない。

「美雪。あっち行ってみる？　来るときに見えた、千鳥ヶ淵緑道《ちどりがふちりょくどう》の方」

隣を歩く桜木さんが武道館の方向を指さす。ここに来る途中、皇居をぐるりと囲むようにある千鳥ヶ淵の広いお濠沿いには見事な桜並木があるのが見えた。北の丸公園も桜が沢山だが、千鳥ヶ淵緑道の方も桜の名所として有名だ。水辺に並ぶ桜並木は、遠目に見るだけでも絶景だった。

「うん、そうだね」

私は笑顔で頷く。

武道館の脇を抜けたら現れる田安門《たやすもん》は木製の大きな門で、いかにも日本の城を思わせる。身長の何倍もある圧倒的な大きさと、周囲に石垣と白塗りの壁の名残が残り、ここが江戸の中心であったことを強く窺わせた。

かつて江戸城を外敵から守るために造られたお濠には、今は橋の片側は蓮が生い茂っており、もう片側には多くの人がボートを漕いでいるのが見えた。端の方には鴨《かも》が泳いでいた。それはまるで幸せを絵に描いたようなのどかな光景に見えた。

私は今来た北の丸公園の方を振り返った。残念ながら今では天守閣は残っていないが、もしも天守閣があったならば圧倒的な存在感であったことは想像がつく。

ふと桜木さんがポケットからスマホを取り出して、確認するのが視界の端に映った。私は繋いだ手が離れないようにぎゅっと握る。それに応えるように、握られた手に力がこもった。

千鳥ヶ淵緑道は緑道沿いに桜並木がずっと並んでおり、さながら桜のトンネルを通っているかのような錯覚を覚えた。見上げれば一面のピンク色。風が吹くと花びらが舞い、紙吹雪のように景色を彩る。

「もう満開だな」

桜の木を見上げながら桜木さんが片手を目の上にやり、ピンク色の合間からこぼれる日差しをよけるように手でかさをつくった。見惚《みと》れる私に気付いてこちらを見下ろすと、目を細めて「美雪と一緒に見られてよかった」と笑顔を見せてくれた。

桜木さんがまたポケットからスマホを出して画面を確認する。私は胸にチクンと痛みを感じ、握られた手にまた力をこめた。

「そろそろ、行かなきゃだ」

桜木さんが小さな声で呟く。私は腕時計を見た。時刻は午後二時を指している。

東京駅から新神戸駅までは新幹線で三時間弱。夕方到着で引っ越し荷物を手配しているそうなので、さすがにそろそろここを出ないとまずいのだろう。

桜木さんの四月からの勤務地は神戸だった。覚悟はしていたけれど、実際にいざそうなって離れ離れになる時が近づくと、寂しさが募る。

「……うん、分かった。行こっか」

私は努めて明るく返事をした。心配かけないように、笑顔を作って。

せっかくなので、私達は車窓から景色が見えるようにと地下鉄ではなく、いつか来た釣り堀の見える市ヶ谷駅のホームから中央線に乗り込む。

「釣り、リベンジできてないね」

「そうだね。そろそろ暖かくなってきたから行き時かもな」

桜木さんが笑う。

行き時なら、今から行こうよ。そう言いたいのに、咽《のど》で言葉が突っかかり、出て来ない。

もうすぐ桜木さんが行っちゃうのに、こんな時なのに、何を話せばいいのかが分からずに言葉が出ない。話したいことが沢山あり過ぎて、何から言えばいいのか分からない。電車に揺られながら昔友達と行った大阪の有名な観光地の話をして、こんなこと話したいんじゃないのにって思うのに。

新幹線のホームに着く頃には、私達は無言になっていた。ホームに白と青の車体が入ってきた時、桜木さんが沈黙を破る。

「美雪。俺も会いに来るから、美雪も来て。お互い月一回行き来すれば、二週間に一回会えるよ」

「うん」

「電話するから。ラインも」

「うん」

「とりあえず、今夜引っ越し作業が終わったら電話するよ」

「うん」

思わず涙ぐみそうになり、私は自分を叱咤する。

陰口を叩かれて飛び出したという古巣に戻る桜木さんは、きっと戦いに行くのだ。『今更どの面下げて戻ってきたんだ』とか、『これだからお坊ちゃんは』って言う人は少なからずいるだろう。その人達に、そんな口がきけないくらい成長したところを見せに行くんだ。更に半年後は留学するとなれば、風当たりは益々強いはずだ。心配させちゃ駄目だ。

発車ベルが鳴り、桜木さんが新幹線に乗り込む。私に気遣ってくれているのか、座席には行かずに入り口付近に立ったままだ。

「美雪。健康には気を付けて。またな」

「桜木さんも……私、応援しているから、頑張ってね！」

桜木さんが驚いたように目をみはる。ドアが閉まるとガラス越しに口が『あ・り・

が・と・う』の形に動いたのが見えた。私はとびっきりの笑顔で両手に握り拳を作って見せる。

ホームから新幹線が出発して、カモノハシの顔のような後ろ姿が見えなくなるまで見送りながら、不意に目から涙がこぼれ落ちた。

＊　＊　＊

四月になると、新人さんが二人、イマディール不動産に仲間入りした。一人は不動産関係の業務経験がある私より少しだけ年上の男の人、もう一人は派遣社員としてデパートで販売の営業経験があるという二十代半ばの女の子だ。

オフィスに届いた郵便物を整理していると、自分宛の葉書があり、私は手を止めた。裏返すと差出人は久保田様だった。

久保田様は結局、イマディール不動産が仲介した東急田園都市線沿いの駅にお引っ越しされた。住所は神奈川県川崎市になるが、近年大規模に再開発された二子《ふたこ》玉川《たまがわ》駅も近く、閑静な住宅地でありながら利便性が高いと人気の場所だ。手紙には無事に引っ越しが完了したことの報告とお礼の言葉が書かれており、表情が綻ぶ。

私は斜め前に視線を移動させた。桜木さんがいなくなったこの席は、今は新しく入った男の人が座っている。そして、ながらく空席だった私の隣には新しく入った女の子が座っている。

「藤堂さん。大丈夫？　サクロスしてない？」

隣の綾乃さんがコソッと私に話しかけてきた。綾乃さんは私と桜木さんの関係を知る、数少ない一人だ。ちなみに『サクロス』とは『桜木さんロス』の略らしい。

「大丈夫ですよ。今朝もライン来ましたし」

私は笑って答える。

パソコンを開くと内覧の申し込みや売却依頼が数件入っていた。今日も忙しそうだ。

桜木さんはいないけれど、私の日常は何事もなかったように今日も回り出す。


既に八月も後半だが、成田国際空港は夏休みを海外で過ごそうとする人達で溢れている。出発ゲートの案内が表示された大きな掲示板の前では、観光客が写真を撮っていた。

これから海外旅行に出かけるのだろうか。すぐ近くを家族連れが追い越した。銀色のスーツケースを押す父親の腕に笑顔で縋《すが》り付く子供の姿が可愛らしい。そんな人達の中に、ちらほらとスーツを着込んだビジネスマンの姿も混じっている。

「住所を聞いていないけど、家は決まっていないの？」

私は隣を歩く桜木さんを見上げる。桜木さんは留学前に私に会いたいからと、関西国際空港ではなくてわざわざ成田国際空港発のフライトを予約してくれたのだ。今日はこうして、出発前の見送りに来ている。

「うん、まだ決まってない。これから探すよ。最初の数日はホテルに泊まるつもり。着いたら最初に家探しだな」

まるで旅行に行くかのようにラフな格好をした桜木さんは、苦笑いする。そして、先ほど私達を追い越していった家族連れを見つめて目を細めた。

「本当は、美雪と旅行だったら最高だったのにな。南の島とか」

「いつか行きたいね」

「だな。戻ってきたら、一緒に行こうか」

私の相槌に、桜木さんは笑顔で同意する。そんな先の約束を当たり前のようにできる関係であることを、とても嬉しく感じた。

「美雪」

飛び立つ飛行機を眺めることができる展望デッキに着くと、桜木さんが穏やかに声を掛けてきた。私は風で靡《なび》く髪を押さえながら「なに？」と答える。

「新井が休暇に入るって聞いたんだけど……」

「うん、そうなの。今、七ヶ月だよ。綾乃さんは痩せているから、もうお腹がかなり目立ってきたの」

「へえ」

「でね、お腹の赤ちゃんのことを考えるならお酒は控えてくださいってお医者さんに言われたらしくって、『早く生まれて欲しい！』っていっつも言っているの」

私はその綾乃さんの姿を思い出し、くすくすと笑う。綾乃さんはゴールデンウィーク頃に妊娠していることが判明し、十二月の頭に出産予定だ。その後は一年と少し、育児のために休職する予定になっている。

「あー、なんか想像つく」

桜木さんも手を緩く握ると口元に当て、肩を揺らす。暫くそうしていたが、ふと顔を上げてこちらを見つめた。

「新井がいなくなると、大変になるな。仕事で困っていることはない？」

「うん。時々、癖のあるお客様がいらっしゃることもあるけれど、なんとかやっているよ」

私は笑顔でそう答える。

四月から桜木さんがいなくなり、二人社員を増員したとはいえ、イマディール不動産は明らかに戦力ダウンになった。

けれど、お客様からの内覧希望や売却希望は待ったなしでやってくる。毎日がむしゃらに走っている感じだけれども、それでもなんとかやっている。

ここで綾乃さんが抜けるのは本当に不安だ。だけど、おめでたいことなのだから笑顔で『安心して休んでください』と言いたい。だからこそ、自分がしっかりしないといけないと気を引き締めている。

「あ、うちの会社ね、本格的にワンストップ型のリノベーションに参入することになったんだよ。だから、今色々勉強しているよ」

「ああ、そっちの方が、お客様からしたら親切だもんな。店の軒先に理想の家が載っているとは限らないし」

桜木さんは相槌を打つ。

ワンストップ型リノベーションとは、お客様から理想の家について聞き、それに合うリノベーションを施すのに適した中古物件探しから改装工事、引き渡しまでを一貫して引き受けるサービスだ。私が去年、久保田様にご提案した手法と似ている。お客様からすると物件探しとリノベーションを別々に行う必要がないので、手間が省けて利便性が高くなる。また、最初から自分の希望をリノベーションに盛り込むことができるので、理想に近いマイホームを手に入れられる可能性が高まる。ただ、不動産会社側とすれば全ての調整を一手に引き受けて行う必要があるので、担当者の負担は増す。

「頑張れよ。でも、無理はしないように」

「……うん、分かっているよ」

気遣うような優しい言い方に、大切にしてもらっていると感じる。今までは遠距離恋愛と言っても月に二回は会えていた。けれど、国境を越えた超遠距離ともなればそうはいかない。でも、そう思ってくれている気持ちが分かっていれば、大丈夫。

「美雪。クリスマス休暇は会いに来てよ」

「うん。絶対に行くね。すごく楽しみ」

「俺も美雪が来てくれるのが楽しみ。それまでに、案内できるようにいい店を探しておく」

桜木さんは本当に嬉しそうに、屈託なく笑う。

その日、私は出国ゲートで彼の姿が見えなくなるまで手を振り続けた。

「さてと、帰るかー」

私は一人、空港を後にする。

明日から、また仕事だ。やらなければならないことも山積み。けれど、不思議と嫌な気はしない。

今までの頑張りの一つ一つが私の中で確かな自信へと変わってゆく。それはきっと、これからも一緒だろう。いつまでも『今の自分が一番好き』って胸を張って言えるような大人になりたい。

一度きりの人生だもの、後悔なんてしたくない。

それにね、遠い異国の地で桜木さんも頑張っている。次に会うときは、もっと素敵な女性になった自分を見せたい。それで、惚れ直してくれたりしたらもう最高！

だから、私は明日もきっとこう言うのだ。

「はい。イマディールリアルエステートでございます。お客様の理想のおうち探し、全力でサポートさせて頂きます」

※本書は「小説家になろう」(https://syosetu.com)に掲載されていたものを、改題・改稿のうえ書籍化したものです。

※この物語はフィクションです。作中に同一の名称があった場合でも、実在する人名、地名、団体とは一切関係ありません。

宝島社
文庫

これより良い物件はございません！
東京広尾・イマディール不動産の営業日誌
（これよりよいぶっけんはございません！
とうきょうひろお・いまでぃーるふどうさんのえいぎょうにっし）

2020年3月19日　第1刷発行

著　者　三沢ケイ
発行人　蓮見清一
発行所　株式会社 宝島社
〒102-8388　東京都千代田区一番町25番地
電話：営業 03(3234)4621／編集 03(3239)0599
https://tkj.jp
印刷・製本　株式会社廣済堂

ISBN 978-4-299-00353-9

『このミステリーがすごい！』大賞 シリーズ

宝島社文庫

あなたの思い出紡ぎます 霧の向こうの裁縫店

高橋《たかはし》由太《ゆた》

路頭に迷った真琴を雇ってくれたのは、この世とあの世を縫い合わせ、死んだ人に一度だけ会える裁縫店。偏屈店主と謎の少年幽霊に翻弄されながら、様々な客と関わっていく。彼らと接するなかで、真琴もまた客として、ある人に会いにいくことを決意する。

定価：本体７３０円＋税